BBC
DOCTOR WHO

The Resurrection Casket
复活棺

［英］贾斯廷·理查兹／著
施 然／译

新星出版社　NEW STAR PRESS

DOCTOR WHO: The Resurrection Casket by Justin Richards
Copyright © 2006 Justin Richards
First published as Doctor Who: The Resurrection Casket by BBC Books, an imprint of Ebury, Ebury Publishing is part of the Penguin Random House group of companies.
Doctor Who is a BBC Wales production for BBC One. Executive producers, Chris Chibnall, Matt Strevens and Sam Hoyle. BBC, DOCTOR WHO and TARDIS (word marks, logos and devices) are trademarks of the British Broadcast Corporation and are used under licence.
This edition arranged with Ebury Publishing
through Big Apple Agency, Inc., Labuan, Malaysia.
The Resurrection Casket Chinese edition copyright:
2021 Chengdu Eight Light Minutes Culture Communication Co., Ltd.
All rights reserved.
The Cover is produced by Woodlands Books Ltd.
著作版权合同登记号：01-2019-8081

图书在版编目（CIP）数据

复活棺 /（英）贾斯廷·理查兹著 ；施然译. -- 北京 ：新星出版社，2021.7
（神秘博士）
ISBN 978-7-5133-4459-3

Ⅰ. ①复… Ⅱ. ①贾… ②施… Ⅲ. ①幻想小说－英国－现代 Ⅳ. ①I561.45
中国版本图书馆CIP数据核字(2021)第069738号

复活棺

[英] 贾斯廷·理查兹 著；施然 译

责任编辑： 杨　猛
特约编辑： 康丽津　姚　雪
责任印制： 李珊珊

出版发行：	新星出版社
出 版 人：	马汝军
社　　址：	北京市西城区车公庄大街丙3号楼 100044
网　　址：	www.newstarpress.com
电　　话：	010-88310888
传　　真：	010-65270449
读者服务：	010-88310811　service@newstarpress.com
邮购地址：	北京市西城区车公庄大街丙3号楼 100044
印　　刷：	北京华联印刷有限公司
开　　本：	910mm×1230mm　　1/32
印　　张：	7.375
字　　数：	140千字
版　　次：	2021年7月第一版　　2021年7月第一次印刷
书　　号：	ISBN 978-7-5133-4459-3
定　　价：	42.00元

版权专有，侵权必究；如有质量问题，请与印刷厂联系更换。

献给热衷于海盗故事的朱利安和克里斯!

序　幕

死亡就藏在卡斯帕的口袋里。

醉眼蒙眬的卡斯帕放下空杯子，重重地倚在吧台边打了个嗝，然后一路磕磕绊绊地向酒馆大门走去。他不停地撞上桌子，挤开其他酒徒，像一艘顺着边界区[1]蜿蜒前行的船只一样挪动着，笑骂声在耳边回响。

他走到室外，贪婪地呼吸着微凉的空气，闻到了一股混杂着汽油和沥青的味道。酒馆的喧闹声被港口的当啷声和喧嚣嘈杂所取代——停泊的船只咯吱作响，码头工人正喊着号子。微风中，酒馆招牌慢慢地前后摆动，铰链发出尖厉的噪声。卡斯帕摇摇晃晃地站在原地，抬头望向那块招牌，努力将目光聚焦在斑驳的图案上。招牌的彩色玻璃上画着一只断成两截的望远镜，不过，玻璃如今早已破碎不堪。人们习惯称这家酒馆为"破望远镜"。

卡斯帕猛地被路人撞到一边，踉踉跄跄地走开了。他吹起不

---

1. 本书作者杜撰的地名。

成调的水手号子,那是他在一艘货运驳船上当甲板清洁工时记住的旋律。

等拐进酒馆一侧的小巷,渐渐远离港口之后,卡斯帕发现自己的手里还攥着几枚硬币——在他点完最后一大杯格罗格酒[1]后,西尔弗·萨莉找的零钱——硬币在星光下像金子一样闪闪发光。他盯着看了一会儿,随后握紧拳头,将手揣进了口袋。

就在这时,他触到了一张纸片。出于好奇,他把纸片掏了出来。这是一张折叠起来的羊皮纸,在巷子昏暗的灯光下显得苍白粗糙。卡斯帕嘟囔了一声,打算将纸片直接扔进狭窄的排水沟。可是,从昏昏沉沉的脑袋里产生的一丝好奇驱使他停了下来。

打开纸片的那一刻,他瞬间清醒,视线也变得无比清晰。纸片上只有一团墨水渍,看上去模糊不清,似乎没有任何意义。可是,这对一位老海盗来说就不一样了。卡斯帕曾在一艘老旧的大帆船上见过这样的图案,立即明白过来它意味着什么。

有人把黑色魅影放到了他身上。

这无异于一道诅咒、一种威胁、一项死亡宣判。

现在扔掉纸片已经无济于事,卡斯帕索性把它塞回口袋里。他循着灯光,掉头向人群和安全之处跑去。可是,没有哪个地方是绝对安全的。在逃命的过程中,他仿佛听见了从身后传来的脚

---

[1]. 掺水烈酒,一般指加入热水或沸水的朗姆酒饮料。

步声，看到了刀刃反射的寒光，感觉到了杀手朝后颈呼出的热气。

卡斯帕的心脏怦怦直跳，泪水模糊了双眼，呼吸也变得急促起来。他试着说服自己，这一切都只是他的幻觉，巷子里一个人也没有。那张羊皮纸或许只是一个玩笑，或许是谁搞错了，又或许是"破望远镜"开的收据染了一小块墨迹……

突然，一道黑影凭空出现在卡斯帕的前方，仿佛黑夜以某种方式凝聚成了纸上那团墨水渍的巨型实体。一个毛发蓬乱的巨大身影转向了他。

卡斯帕跌跌撞撞地停下脚步，猛地转身，准备朝另一个方向跑去。可是，一只手重重地按在他的肩膀上，迫使他转了回来。然而那不是手，而是一只覆盖着黑色毛发、长有利爪的巨掌。黑暗中，一双闪着红光的眼睛睥睨着他。怪物呼出的热气十分灼人，令人作呕的腐臭味儿让卡斯帕一阵咳嗽。

一个低沉沙哑的声音开口了，听起来如同酒馆招牌的碎玻璃一般刺耳："听着，我对此感到非常抱歉。"星光下，利爪像刀刃一样闪闪发光，"真的非常抱歉，我是真心的。"

怪物伏下身子，把脸凑到卡斯帕面前，"不过，你应该明白这是怎么回事。"

卡斯帕尖叫起来，眼前突然一片黑暗。

片刻之后，一具尸体砰地倒在地上，渗出的鲜血流进排水沟，顺带冲走了一张折叠起来的羊皮纸。夜幕之中，那道黑影悲伤地摇了摇头，转眼就消失了……

唯一稳定的光源来自地板下方。主照明灯忽明忽暗，乱闪一气。淡黄色的微光像薄雾一样笼罩在塔迪斯内，给博士的脸蒙上一层阴影，勾勒出了棱角分明的脸庞。

"一切都还好吗？"罗丝问。

"还好吗？一切都乱套了！每一个零件都失控了。"他将控制杆猛地一推，仿佛在证明这个组件没有半点作用。

光线渐渐变暗，博士的脸也变得越来越黑。突然，主照明灯爆发出刺眼的强光，逼得博士和罗丝立马闭住了眼睛。

"塔迪斯是不是该检修了？"罗丝猜测道。她目前还没开始担心，好吧，不怎么担心。不管塔迪斯出了什么问题，博士都能快速搞定，好吧，大概能够搞定。"早知道我们就该在新地球[1]上进行一千万里程的检修。"

"我不知道。为了判明方位并弄清楚发生了什么，要让塔迪斯在现实时空中瞬间现形吗？"博士连连摇头，咂了咂嘴，绕着控制台飞速移动起来，"扫描仪上显示了什么？"

罗丝瞥了一眼屏幕，"有什么东西在打转。"

博士的手停在了按钮上，"打转？那可能有点糟糕。只是有

---

[1] 一颗系外行星，详见新版《神秘博士》剧集第二季第一集。

一点点旋儿,还是像钟表内部的齿轮一样有很多旋儿?"

"你见过米基买的电脑上的屏保动画吗?一根根立体的管道越变越多,最后充斥了整个屏幕。"

博士深吸一口气,"呃,听起来可不太妙。来吧,让我们好好看一看。"他越过罗丝的肩膀把脸凑了上去,手指有节奏地敲击着她的外套。

"我们有麻烦了?"

他点点头,"这是EMP[1]的标志,我们应该是进入了发生过核爆炸之类的地方。"他挥动双手演示起来,"砰!明白了吧?"

"明白了,整座城市就像煮熟了一样。"

"差不多吧。"博士表示赞同,"只不过是一直在煮。看看这些旋儿,好像有数千枚炸弹一个接一个地发生爆炸,永不休止。塔迪斯外面一定是地狱般的景象。"

"那我们就待在里面吧。"罗丝提议道,"这里很安全。"

"啊……"

"对吗?"她透过不断闪烁的灯光注视着他,"告诉我塔迪斯里面是安全的。"

"呃……"

然后,控制台爆炸了。

---

1. 电磁脉冲(Electromagnetic pulse)的缩写,由核爆炸或非核电磁脉冲弹爆炸而产生。

"待在原地别动,好吗?"

"呃,为什么?"

"线路出了一点故障,任何东西都可能突然开始运转,或者失去控制,或者出现爆炸、倒塌之类的……"

"之类的糟糕情况?"罗丝叹了口气,"好吧,我哪儿也不去。"她惊讶地发现自己的声音在发颤,"我们就不能先把灯修好吗?"主照明灯像出了故障的迪斯科灯球一样飞快地闪烁起来。

"没问题,我正在处理,一切都在掌控之中。"话音刚落,博士发出痛苦的惨叫,在一串火花的映衬下,他的脸显得无比苍白。"好了。"停顿片刻后,他继续开口道,"重新通上电了,差不多搞定。"

罗丝默默地等待着,可是灯光仍然一闪一闪的。

"好吧,我说谎了,抱歉。"博士吮吸着手指,"完全没有搞定,一切都'疯疯癫癫'的。顺便一提,这是个专业术语,意思是真的很不正常。要我说……"他说着一头扎到控制台下方。一阵刺耳的摩擦声传了出来,罗丝猜测或许是抽屉被拉开了。紧接着,伴随火柴头划过火柴盒的刮擦声,微弱的火光亮了起来。博士捏着一根火柴站起身来,"找到了!"

"一根火柴?好吧,一整盒火柴。这可不是什么高科技的玩意儿。"

"话虽如此,但火柴既不会失控,也不会因为电磁脉冲的影响而短路。就算所有灯都熄灭了,我仍有照明,还不用受闪烁的灯光干扰。"

"行吧。火柴能燃多久?"

"永远。"他像踩在踏脚石上一样小心翼翼地蹦过来,将火柴凑到罗丝面前,供她仔细端详。

"什么?"

"这是一根'永不熄灭的火柴'。你看,丝毫没有损耗。"

"这不可能。"

博士隔着火焰对她咧嘴一笑,"这些火柴取材于乌姆贝卡树,来自行星……"他皱着脸,开始努力回忆,"行星乌姆贝卡[1]。那里的冬天阴冷潮湿,会持续好几个世纪,而夏天只有短短几周。"

"听起来就像英格兰。"

"差不多。不过,当夏天来临的时候,天气异常炎热,树木会在高温的刺激下不断生长。"

现在她明白了,"所以,火柴也是如此?"

"没错,火柴头在燃烧的同时也在不断生长。是不是棒极了?"

"对,棒极了。"

"这是一套完美的生态体系。在一颗拥有漫长冬天的行星上,

---

1. 本书作者杜撰的一颗行星。

你需要的正是永不熄灭的火焰。"

"我还有一个问题。"罗丝说。

"随便问,什么问题都行,我可是研究乌姆贝卡的专家,乌姆贝卡学科的最高分获得者正是在下。"

"一根火柴又如何帮助塔迪斯恢复正常呢?"

"啊……"

"啊……"她模仿了一遍。

"呃……"

"呃?你这'呃'是什么意思?听起来可不怎么靠谱。"

"好吧,是不怎么靠谱。火柴大概有点用吧。我们要么等电磁脉冲停下来——不过一时半会儿似乎停不了——要么把塔迪斯移出这片区域。"

"怎么移出去?"

"哦,有很多办法,比如找一艘宇宙飞船、一辆卡车或者叉车,一群训练有素的松鼠说不定也可以。不过,我们可能需要很多只松鼠。"

罗丝始终注视着火柴,火焰还在燃烧,"那不就意味着我们要走出塔迪斯吗?"

"嗯嗯……"

"走出这扇因为所有开关全都失灵而根本打不开的大门?"

"嗯嗯,你用到了另一个专业术语,不错。"

"而且我们还要踏入一个发生了核爆炸之类的地方。"

博士晃动着脑袋想了想,随即点点头,"真是令人激动,不是吗?我得找几片抗辐射药片出来。可是,我不记得自己之前放哪儿了,可能在'抗'打头的K区,也可能在'辐'打头的F区。"他飞快地咂了咂舌,发出响亮的声音,然后一蹦一跳地小心回到控制台旁边。

"还可能在'药'打头的Y区。"罗丝补充道。

"那也可能在'片'打头的P区。"博士抬杠道。

"或者是什么玩意儿的'什'打头的S区。"

他叹了口气,"该死。"

"没错,'爆炸'[1]也可能是关键词。"罗丝赞同道。

"不,我说的是'该死'。抗辐射药片可能放在任何地方。"他随手拉开控制台的一只小抽屉,"好吧,原来在这里。"他拿出一只塑料盒,里面的东西看上去像是薄荷糖,"很好,接下来该找一找打开大门的装置了。"他一边说话,一边递给罗丝一片浅色小药片,"大门的控制开关现在只能打开扫描仪……说不定关键词是'把手'!"

在靠近大门的壁橱里,有一个手摇式把手。主照明灯又开始忽明忽暗地闪烁起来,罗丝只好捏着火柴给博士打光,后者正把

---

1. 上文博士说的"该死"原文为"Blast",该词亦有"爆炸"的意思。

手摇式把手拧进电话下方的插座。看到博士的举动,罗丝感到又好笑又担心。

博士刚才给她的小药片有些苦,嚼起来像是柠檬味的水果软糖。那股味道仿佛一直留在嘴里,说不定那是"永不消散的药片"。当博士开始摇动把手时,大门发出了嘎吱的声音。

"除了核爆炸,还有什么方式会产生电磁脉冲?"

"太多了,比如……"他继续摇动把手,大门震颤着移动起来,"比如……好吧,任何方式皆有可能。就像我刚才说的,太多了。"

"举一下例子吧。"

"什么?一下就得举出来?"

"两下也可以,想几下就几下。"

大门露出了一条缝隙,外面看起来漆黑一片,但远没有塔迪斯里面那么暗。

博士停下来缓了口气,"你可以从门缝里钻出去吗?"他指着两扇门之间的细缝问道。

"我倒是想呢。"罗丝告诉他。

"或许我可以。"博士说,"开个玩笑。"他继续埋头工作,"外面……"当他再次开口时,语气变得正经起来,"或许是一片废墟。你最好做点心理准备,像这种等级的战后余波可不是闹着玩儿的。人们即便幸存下来,也罹受着苦难。死亡、毁灭、破坏……有太多词语都可以描述那番景象，真是一场灾难！"

等缝隙变大后，罗丝挤了出去。一来到外面，她就愣愣地凝视着眼前的光景：璀璨的星辰在头顶上空闪烁，类似煤气灯的设备把周围的黑夜照亮。她吹灭了火柴。

"我看到的……"罗丝大声说，"不是灾难般的景象。"

"什么？"

"我好像看到了一家酒馆。"她轻轻碰了碰已经冷却下来的火柴头，然后把"永不熄灭的火柴"揣进了外套口袋。

一个模模糊糊的人影向他们走了过来。此刻，塔迪斯正停在一条狭窄的街道上，两侧都立着高高的砖墙。砖墙与塔迪斯之间刚好还剩一点空隙。

砖墙的托架上亮着一盏灯。当那个人影从灯下经过时，罗丝本以为自己会看到核爆炸造成的骇人伤痕或者残缺肢体，可是，她看到的却是一张饱经风霜的男人的脸庞。他看上去年事已高，留着灰白凌乱的胡须，头发稀疏。

男人迟疑片刻，直直地盯着罗丝，"那儿有好酒。"他粗声粗气地说，"在'破望远镜'好好喝上一杯吧。"说罢，他冲她随意地挥了挥手，然后继续沿着街道向前走去。

"好吧，我可没料到会是这样。"博士充满热情的声音从她身边传来，"真是令人惊喜，不是吗？"接着，他脸上的微笑慢慢转为皱眉，"我很好奇，塔迪斯究竟是怎么了？"

1

塔迪斯的大门咔嗒一声在博士身后关闭，免去了罗丝回话的困扰。

"这是塔迪斯的保护机制。"博士难过地说，"在这个老姑娘恢复正常之前，内部的系统将一直处于停滞状态。[1]"

"所以，大门会自动关闭，直到你重新打开？"罗丝问。听起来很合理，她心想。

"对，好吧，不完全正确。"博士望向远处，尽力避开罗丝的目光，"关于重新开门这一点……"他轻轻加快步伐，声音也变得越来越小。罗丝赶紧小跑着追上他，正好听到下半句话："门一旦关上，就永远紧锁。"

"什么，永远紧锁？就像那根火柴一样吗？"

"不，那也太蠢了。等塔迪斯完成自我修复，一切都恢复运转之后，门就能打开了。"

---

1. 在老版《神秘博士》剧集第十一季第三集《戴立克之死》中，第三任博士曾在埃克塞隆星球上遇到过相似的困境。

"容我大胆猜测一下,我们是不是无法用手摇式把手将门打开呢?因为那样做也很蠢。"

"才不是,完全错误。我们之所以无法使用手摇式把手,是因为它被锁在里面了。"

"那你到底有什么计划?"

他们站在街道的尽头,朝远处繁忙、亮堂的广场望去。人们行色匆匆,来来回回地忙碌着,有的在搬运板条箱和盒子,有的推着手推车,有的则骂骂咧咧、大喊大叫。

"那儿是市集吗?"博士好奇地问,"我的计划是先切断产生电磁脉冲的源头,然后等塔迪斯完成自我修复。我们轻而易举就可以离开这里。"

"'轻而易举'。"罗丝重复了一遍,"要是我们没法切断呢?要是那个源头非常重要而没法关停呢?"

"不至于,我是说,这里的科技水平比较低,顶多处于二级阶段。现在大概处于18世纪,电力还没发明出来。"他眯起眼睛缓缓点头,"这里应该是港口,我们可能在布里斯托[1]。"

"18世纪就发明蒸汽动力了?"罗丝问。

"快了,尽管技术还相当原始。你为什么这么问?"

罗丝指向远处。广场上,人群突然向两边纷纷散开,让出了

---

1. 英格兰西南部城市。

一条通道。罗丝未见其形,先闻其声——轰隆声、嘶嘶声以及车轮碾过鹅卵石的咯吱声。紧接着,白茫茫的雾气弥漫在空气中。最后,一辆机车从方才喷出的水蒸气中现出形来:矮胖的金属车身看上去就像装了笨重车轮的巨型锅炉,巨大的活塞斜卡在车身和车轴之间,后面还拉着一辆满载板条箱的长拖车。

"这辆机车比我想象的还要复杂精巧。"博士承认道,"我们不妨看看它要去哪儿?"

蒸汽机车拐了一道大弯,恰好经过博士和罗丝身边。等温暖的水蒸气散去后,只剩博士孤零零地站在原地,困惑地环顾四周。

"罗丝?"他大喊道。

罗丝坐在长拖车的尾部向博士招手,"快来!谁知道这玩意儿要去多远的地方?我可不想花大半夜的时间追上几英里。这辆机车说不定要去卡莱尔[1]呢!"

等博士爬上车后,两人并肩坐在一起,把双腿悬在外面晃来晃去。罗丝打量着来来往往的路人,心想博士说得没错,这里确实是一个繁忙的港口。或许,他们坐的蒸汽机车正在驶向码头,等着卸货装船。

博士背靠板条箱仰望着天空。"我觉得我们不会去卡莱尔了。"最终,他开口道。

---

1. 英格兰中部城市,与布里斯托相隔两百多英里。

"那我们是去约克郡吗?"罗丝猜测道。

他摇摇头,"星星看起来不对劲,月亮也不见了。"他坐直身子继续说,"这里不是地球。"

"你在开玩笑吧?"

就在此时,蒸汽机车停靠在了墙边。不过,那并不是一堵砖墙,而是一块巨大的铆接金属薄板。薄板竖立在罗丝和博士身边,远远高出两人的头顶。罗丝抬头望去,最终辨认出这是一艘巨轮。

"好吧,看来不是玩笑。"罗丝承认道,"我很好奇我们究竟身处何地,身在何时?"

眼前的巨轮以一种怪异的角度停泊着,仿佛完全依靠船尾立了起来。阵阵浓烟从几根烟囱中缓缓升起,桅杆和绳索从船身里伸了出来。博士和罗丝从长拖车上爬下来,越过码头往下看,发现有无数根巨大的排气喷嘴安装在巨轮的最底部。

"上半部分是汽轮和帆船的结合体,"罗丝说,"下半部分则是航天飞机。是我想的那么回事儿吗?"

博士的回答被巨大的噪音淹没了。不远处,还有许多艘同样怪异的金属蒸汽飞船停泊在码头内。其中一艘的桅杆慢慢降下,平贴在了金属甲板上,船底喷射出一阵阵水蒸气,飞船开始晃动起来。

"不可思议!"博士盖过轰鸣声大喊道,"居然能取得这么大的推力……"他吹了一声口哨以示赞叹。

轰鸣声越来越响,巨大的金属蒸汽飞船在夜色中缓缓抬升,将周围的一切笼罩在了温暖朦胧的白色雾气中。等水蒸气散去后,罗丝看到锅炉的火光渐渐变淡,飞船消失在了夜空之中。

"为什么是蒸汽动力?"她大声说出心中的困惑,"为什么不使用更……现代的技术?"

博士没有回答,目光仍然追随着早已消失的飞船,手指轻叩嘴唇。

"是电磁脉冲捣的鬼,对吧?"她突然意识到了这一点,"现代的技术派不上用场,所以人们只能依靠蒸汽动力这种过时的技术。"

"有可能。"

"这也意味着,不管电磁脉冲是怎么产生的,我们都没法直接切断源头。"

"有可能。"

"我的意思是,电磁脉冲可能源自某种自然现象,可能是大气中的某种物质导致的。"

"有可能。"

"你的回答可没什么帮助。"

"很有可能。"

"所以,现在我们该怎么办?"

博士耸耸肩,"说实话,我也不知道。至少,我们大概有的忙了。"

"哦，真棒，你真乐观。"

他咧嘴一笑，但眼神里还是流露出了一丝担忧，"我们先去寻求帮助，搞明白这里发生了什么，然后再更新计划。"

"如果拿不准，就去游客中心吗？"罗丝问，"或者去警察局？"

"如果拿不准，"博士纠正她的说法，"就去酒馆。"

抵达"破望远镜"时已是拂晓时分，淡橘色的光芒刺破苍穹，罗丝仍然可以看到闪烁其中的星星。一道白光在点点星光中缓缓移动，不知道是不是他们刚才看到的那艘飞船。

一路上，他们又见到了几辆蒸汽机车，还碰到了一个行动笨拙的蒸汽机器人，它的脸和罗丝在旧货市场上看到的锡兵玩具很是相似，只不过沾满了油污和铁锈。机器人急匆匆地从他们身边走过，呼哧呼哧地喘着气，身上的关节部位喷出了一股股水蒸气。

"这么说，整颗星球都依靠烧水来供能吗？"当博士推开酒馆大门时，罗丝问。

"有可能。"

"你又开始了。"

"抱歉。"

屋内亮着壁灯，四处摆放着样式简单的木桌。经过漫漫长夜，桌上的蜡烛烧得只剩短短一截。脏兮兮的玻璃窗在晨曦的映照下泛着橘黄色的光芒，墙壁镶着满是污痕的深色木板，地面铺着凹凸不平的石板——罗丝之所以知道这一点，是因为她的脚趾磕在了一块石板边缘。再往里走，可以看到一张配备着手摇泵的木制长吧台，旁边还有一段通向楼座的阶梯。这里像是一家古香古色的传统酒馆，罗丝思忖着。

酒馆里稀稀拉拉坐了几个人。醉眼蒙眬的男人们正玩着多米诺骨牌，不过，牌面上不是圆点而是星星。他们抬头看了一眼博士，又盯着罗丝打量了一会儿，然后继续玩起了游戏。一个老人独自坐在另一张桌子边，怔怔地盯着面前差不多快空了的杯子，另一只空杯子则摆在一旁。

罗丝本以为只有这些人，随即看到了吧台后面的那个女孩。她看起来和罗丝差不多大，留着一头黑色短发，正侧着身子和某个人说话。薄雾在她周围袅袅升起，那或许是香烟飘出的烟雾，又或许是吧台下方的水池里冒出的水蒸气……

"别这么软弱，吉姆。"女孩大声说，"那不是鲍勃。他肯定还在呼呼大睡，不会这么快就想你了。"

罗丝顺着她的视线向另一端望去，没有看见任何人影。确切地说，在博士和罗丝走进来的那一刻，那个人就迅速藏到了桌子底下。此时，他正怯生生地把头探出来，一双深棕色的眼睛透过乱糟糟的黑发四处张望。他重新坐回椅子上，满心戒备地打量着眼前的两人。罗丝这才注意到，对方只是一个十岁左右的男孩。她对他露出微笑，后者迅速移开了目光。

"我们吓到他了。"博士小声地说，"我们不该这样，对吧？"他欢快地走过去，一屁股坐在男孩对面，"你好，我叫博士，她叫罗丝。通常，人们不会躲到家具后面避开我们。我能请你喝一杯柠檬汽水吗？罗丝，你想喝什么？"

罗丝对吉姆——那个女孩是这么叫他的——笑了笑，然后转向吧台，想找一款看上去没什么危险的饮料。当女孩的身体转过来的时候，罗丝的笑容凝固在了脸上——她终于知道薄雾是从哪儿冒出来的了。

那个女孩只有半边人类身体。

半边可活动的铆接金属肩膀从她的上衣领口露了出来，肩部的球窝关节渗出了油渍。罗丝猜测她的整条左臂都是机械的，因为从上衣袖口处伸出的是一只金属手——纤细的金属杆和微小的活塞勾勒出了手指的形状。当她移动手臂的时候，一股股水蒸气不断冒了出来，每动一下，还能听见微弱的嘶嘶声。与刚才碰到的那个蒸汽机器人相比，她的半边机械身体显得更加精密，线条也更具美感。

最令人惊讶的是女孩的那张脸。一块失去光泽的曲面金属板代替了左侧的脸颊，黄铜材质的金属片盖在左眼的位置。皮肤和金属相接的部位已经暗淡发黑。女孩的右脸带着迷人的微笑，左脸则面无表情。整张脸上，只有嘴唇完整无缺，但左半边也被金属包裹起来。罗丝吞了一口唾液，努力维持着笑容。

"她叫西尔弗·萨莉，"男孩说，"是我的朋友。"

"你好。"罗丝轻声说。

"要和我们喝一杯吗？"博士问，"我想……"看到女孩的身体后，他尴尬地耸耸肩，声音弱了下来。

然而，女孩爽朗地大笑道："我可以喝下一大杯格罗格酒。"她说，"只不过还需要喝点水，以便注满给蒸汽活塞供能的储液器。"

"当然。"博士的笑容又重新回到脸上，"好吧，我要一大杯格罗格酒，给吉姆再来一杯刚才的饮料。罗丝你呢？"

"我要一杯水，"她说，"只要水。"

"只要水。"西尔弗·萨莉重复了一遍。

"估计都装在脏兮兮的玻璃杯里。"博士飞快地对罗丝说。

实际上，萨莉拿给他们的杯子是白镴啤酒杯，看起来相当干净。罗丝喝着平淡无味的冰水，吉姆喝着黄色的饮料，博士则在大口豪饮，对格罗格酒赞不绝口，说这味道让他回忆起了一种叫作"怪老头儿"的酒。罗丝觉得自己还是喝水好了。

天色渐渐变亮，萨莉熄灭壁灯，又把蜡烛收拾干净。吉姆说自己得赶紧回家了，"我叔叔不喜欢我来这里。"

"他一定就是鲍勃了。"博士开心地说,"所以,鲍勃是你的叔叔!"

"是的,就是他。"吉姆说。显然,他没听懂博士的言外之意。[1]

"你还小,泡吧这件事确实不适合你。"罗丝一针见血地指出。

"不只是酒馆,"吉姆回应道,"他还不喜欢我靠近码头或飞船。"

"那你为什么要来呢?"罗丝问,"为了见萨莉吗?"

"呃,算是吧,也为了看一眼飞船。"他趴在桌上,眼睛在橘色的光线中闪闪发光。一说到飞船,他的眼中瞬间闪烁着激动的神色,"我喜欢看飞船升空,喜欢闻水蒸气的味道,喜欢感受那股热度。我太爱这一切了,哪怕远远地看上一眼也行!总有一天,我也要飞入太空。"他笃定地告诉他们,"不管鲍勃叔叔说太空有多危险,也不管他怎么形容在飞船和码头上工作的人,我一定会做到的,你们就等着瞧吧!"

"如果届时我们还在这里,一定会看到这一幕的。"博士向他保证道,"但我觉得你应该再等一等。"

"是啊,你有一腔热血,你的叔叔早晚会理解的。"罗丝说。

吉姆不以为然地嘟哝一声,又喝起了饮料。

---

[1] 上文博士说的"鲍勃是你的叔叔"原文为"Bob's your uncle",这是一句俚语,意思是轻而易举地做成某事。博士在此开了个玩笑。

"那么,萨莉,"博士轻快地说,"你又遭遇了什么?"

罗丝赶紧在桌下踢了他一脚,博士痛苦地露出"你干吗?!"的表情。

"对了,"罗丝插话道,"为什么这里用不了电力呢?"

吉姆向他们皱起眉头,"因为有电引域的存在。"

"电引域是什么?"

"我们在为星际旅游局做星球评估,"博士马上解释道,"恰好路过这里。你们看!"他掏出一只皮质钱包,向他们展示了一枚官方徽章。罗丝知道,那枚徽章其实根本不存在,里面只不过装着一张空白的通灵纸片——上面会出现博士想让人们看到的任何东西。

"游客才不愿意来星落[1]上度假。"萨莉说。伴随着嘶嘶声,她在桌上搁下三杯饮料,又从吧台拿了一只杯子,然后坐到他们身边。

"为什么这么说?"博士问。

"就像吉姆所说的,因为有电磁引力区域——简称'电引域'——的存在,对电路有极大干扰,这也解释了为什么我会困在蒸汽时代。"她伸出手臂以作说明,温暖的水汽在桌子表面留下了一片凝结的水珠。

---

1. 本书作者杜撰的一颗行星。

"就像电磁脉冲一样,"博士得意地说,"只不过更为持久。"

"差不多吧。总而言之,整颗星球都受到影响,范围一直覆盖到边界区。你需要驾驶蒸汽飞船才能离开这里。"

"许多外界的飞船都在边界区出过事,"吉姆说,"这种情况在过去时有发生。等发现电引域后,人们才明白到底发生了什么。不过,即使到现在,外界的一些飞船还是会偏离航向困在这里,船上的系统要么自动关闭,要么乱成一团。"

"那人们为什么非得来这儿呢?"罗丝不解地问,"除了来喝上一杯?"

"迫于生计。"萨莉告诉她,"在前往采矿带之前,这里是仅存的作业区港口,也是最后一个可以补充燃料、获得供给的文明社会。"

"可是,如果采矿带位于电引域内,人们为什么不去别处开采呢?"博士问,"一定还有成千上万个地方可去。在这里开采毫无技术可言,大家只能采用手工作业。"他挥动双臂加以强调,以免有人没听懂,"比如用镐和平锹、斧头和铲子、锤子和钳子之类的工具。"

"因为有些人就喜欢这一套——开拓崭新世界或者古老疆界之类的。"

"采矿带里有三硅酸盐等丰富矿藏,"吉姆说,"可以让人发家致富。"

"当然。"罗丝说。

萨莉笑了起来,人类的半张脸上扯出一个笑容,金属的那一半则没有一丝变化,"没错,不过这种好事可不常有。"

"人人都觉得自己可以找到新的矿物,"吉姆神采飞扬地说,"甚至还可能发现哈姆雷克·格林特失落的宝藏。"

"哈姆雷克·格林特失落的宝藏?"博士说。

"宝藏落在哪儿了?"罗丝问。

"没人知道。"吉姆无疑被她问懵了,"所以才叫作'失落的'宝藏。"

"这只是个传说罢了。"萨莉插话道,"就算真有格林特这个人,我想也没有所谓的宝藏。"

"一定有!"吉姆坚持道,"我相信有宝藏。"

"我也相信。"一个声音说。

说话的正是隔壁桌的那个老人,罗丝这才意识到他们四个人的声音有些大。

"你和你卖的赝品可没什么说服力。"萨莉说。

"告诉你,它们都是真的。"老人毫不退让地说。

"是啊,和我的手臂一样真。"她讽刺地挥了挥左手,带起一团水蒸气。

"绝对是真品。"老人重申道,"上一个还卖了好价钱,真的,德列尔·麦卡维特买下来的。"

"德列尔·麦卡维特又是谁?"博士说,"本地的牙医[1]吗?"

"他掌管着整颗星球,"吉姆说,"不仅从每一笔矿藏交易里抽取佣金,而且还对每一艘停泊的飞船收取费用。他和我叔叔一样喜欢收集与哈姆雷克·格林特有关的任何东西。"

"什么,任何东西?"博士眯着眼睛问道,好奇心被激了起来。

"战利品、羊皮卷……什么都行。"

与此同时,萨莉还在跟那个老人争论。"你已经走火入魔了,罗德。"她告诉他,"好吧,就算年代对得上,也无法证明它属于格林特的战利品。趁你还没落得和可怜的卡斯帕一个下场,赶紧醒醒吧!"

老人盯着她看了一会儿,然后陷入了沉默。

"对不起。"萨莉说,人类的半张脸上流露出尴尬的神色。"昨晚卡斯帕死了,"她小声地扭头解释道,"人们在酒馆外面的巷子里发现了他的尸体。"

"你怎么知道是赝品呢?"罗丝悄声向她询问。

"吉姆告诉我的。"

罗丝吃了一惊,转头看向吉姆。

男孩耸耸肩,"我的叔叔是格林特战利品的头号收藏家,他

---

[1] 麦卡维特的名字是"McCavity",其中的"Cavity"有"龋洞"的意思。

的藏品比麦卡维特的还多。当时他没有买下罗德的东西,说那不是真的。"

"显然,这个叫麦卡维特的人持不同观点。"博士说。

突然,那个老人站起身来,椅子向后倒在了凹凸不平的石板上。他从口袋里掏出一把硬币和几张纸币,把它们堆在了桌子上。

萨莉也站了起来,"抱歉,我无意冒犯。"

"没关系。"他粗声粗气地回答,把一部分硬币和纸币推了过去,又将剩下的装回口袋里。就在这时,他停住了,手仍然悬在一张纸片上方。罗丝看到,那张纸片不是浅绿色的纸币,而是泛白的羊皮纸。罗德缓缓展开纸片,惊讶地瞪大双眼,流露出了恐惧的神色。他艰难地吞了一口唾液,转身摇摇晃晃地离开了酒馆。

门砰的一声在他身后关上。

"他怎么了?"罗丝问。

"他喝了一整晚,可能还没清醒。"萨莉说,"这也难怪,要知道他的朋友刚刚惨遭杀害。他、卡斯帕、埃德和博尼都是干这一行的,四个人亲密无间。"

"你们口中这位卡斯帕,"博士问,"究竟遭遇了什么?"

"不清楚,有人说是野兽把他杀死的。"

"还有人说是来自荒原的狼崽子,"吉姆的脸色十分苍白,"把他撕成了碎片。"

清晨，码头上没有准备离港的飞船，四下一片寂静。上夜班的工人已经离开，早班还不急着开始。罗德匆匆走过空荡荡的码头西岸。

本来，他可以沿酒馆旁边的小巷抄近道回家，但卡斯帕的尸体就是在那里被人发现的。罗德并不迷信，但也不想冒不必要的险。他绕了很长一段路，呼吸着油腻潮湿的空气。一艘正在整修的蒸汽飞船停泊在码头尽头，等待发往马其诺空间站。

太阳冉冉升起，远处一名船员的身影依稀可见。他坐在码头尽头的矮墙上，罗德甚至可以想象那人正点燃一支烟斗望向天空，回忆着往昔的岁月或憧憬着下一次航行。尽管很多年没有驾驶飞船了，但罗德始终怀念旧日的时光。往日的生活纯粹多了……

等走近后，他本打算和那名船员打个招呼，但当那个身影渐渐转过来时，他察觉有些不太对劲。罗德越走越近，近得足以看清墙上的灰泥和石雕。可是，那人依然只是一道黑影，而且比他想象的要大出许多。

一个毛发蓬乱的巨大怪物从矮墙上跳下来，懒洋洋地迈着大步向罗德走来，硕大的手臂垂在身体两侧。罗德吓得僵在原地，似乎听到了怪物的利爪划过鹅卵石地面的声音，可没承想，那是他自己的牙齿打战的声音。大脑早已提醒他掉头逃跑，但身体却完全动弹不得。

这个怪物将头歪向一边，血红的眸子打量着罗德。当它张开嘴时，滴着口水的巨大獠牙露了出来。"就像我对你朋友所说的，"怪物说，"我对此感到非常抱歉。但是，工作就是工作。"它顿了顿，似乎想听一听罗德的看法，但后者已经惊得说不出话，只能发出刺耳痛苦的哀号。

怪物叹了口气，宽阔的胸膛跟着上下起伏，"好吧，一个肮脏的杀人怪物还是得做它该做的事。"它一步步地靠近，巨大的身影遮住了罗德面前的阳光，"伙计，对不起了。"

"你们有住的地方吗？"萨莉一边问，一边为结束夜班的码头工人端去酒水。

"本来是有的，"罗丝说，"但我们被锁在外面了。"

"这里有多的房间可以挤一挤。"她一边走回吧台一边说。

"你是这里的老板吗？"博士问。

"怎么可能?！"

"麦卡维特拥有这里的土地。"吉姆告诉他们，"他在租金上狠赚了一笔。"

"听起来有点专制，是吧？"博士说。

"什么意思？"

"意思是他蛮不讲理。"罗丝解释道。

"你是说麦卡维特吗？不，他人还好，不像格林特那样残暴。

另外,星落也算安居乐业。不过,我更乐意离开这里。"吉姆坦言。

"你要离开了吗?"罗丝说。

"只要有飞船同意让我拿工钱抵路费。"

"那你可能要再等几年了。"博士笑着说。

吉姆难过地笑了笑,不过笑容很快变成极度的恐惧,因为他看见一个男人气势汹汹地走进了酒馆。尽管那个人走起路来有些驼背,但还是能看出他肩宽个高,块头很大。他有一张饱经风霜、沟壑纵横的脸,下巴上长着灰白的胡茬,头上留着稀疏、杂乱的白发。

"我就知道能在这儿找到你,小子!"他咆哮着走到桌边。

吉姆脸色发白,身子紧紧贴在椅背上,似乎想尽力远离这个男人,"我刚来这里没多久,鲍勃叔叔。真的,我刚进来。"

鲍勃哼了一声,"瞧你这副样子,一准儿昨天半夜就来了。"他瞥了罗丝一眼,又看向博士,后者咧嘴一笑以示回应。"他们是谁?"

"罗丝和博士。"吉姆急忙解释道。

"你好。"博士说着,越过桌子向鲍勃伸出手。

鲍勃一把抓住他的手,仔细打量起来,"你不是码头工人,也不是船员。"

"对,被你看穿了。"

"说实话,我怀疑你根本没有工作。"他停下来看着罗丝,

"你也一样。"然后,他的注意力回到吉姆身上,"告诉萨莉这些酒水都记在我的账上。"吉姆紧张兮兮地跑向吧台,小声地给萨莉传话。

与此同时,男人俯过身来对博士说:"希望你们没有往这小子的脑袋里塞什么太空故事或海盗传说。"

"当然没有。"博士向他保证道,"我想,他在家里已经听得够多了。他正在给我们讲哈姆雷克·格林特的故事,这个人是海盗吗?"

鲍勃的脸上露出一丝微笑,"你们不知道格林特是谁吗?"

"不知道。"罗丝说,"不过,我们听说问你就对了。"

"话是没错,但我先要好好收拾一下那小子。太空里不是只有传奇历险和神秘宝藏,他得明白这一点。"他朝吉姆吼道,"等你吃完一顿像样的早餐,就给我过来做些分类和编录的活儿!"他又转向罗丝和博士,"希望这些活儿能让他明白,太空航行远比想象的复杂,他得先学会使用六分仪、天体整流器和水平仪来测绘和记录。"

吉姆耷拉着脑袋回到桌边,"对不起,鲍勃叔叔。"他一边小声嘟囔,一边踢着脚。

鲍勃慈爱地拨弄着男孩的头发,"没关系,我能理解你的心情,但你应该待在家里,而不是到处乱跑。"他转向罗丝和博士,"谢谢你们替我照顾他。如果之后有时间,欢迎你们来我家听故事——关于这位太空恶霸的传说。"

"真的吗?"吉姆开心地说,"我能把藏品拿给他们看一看吗?"

"到时候再说。"鲍勃笑了笑,然后对博士和罗丝说,"再见,祝你们度过愉快的一天。萨莉可以告诉你们我家的地址。"说完,他牵起吉姆的手向门口走去。

吉姆转身挥了挥手,酒馆大门随即在他身后关上了。

"多好的人啊。"博士说,语气中流露出一丝惊讶和钦佩,"要是每个人都像他一样友善,那宇宙该多么……美好啊。"

"所以,我们现在有什么计划?"罗丝问。

"只要把塔迪斯从电引域中转移出来,我们就平安无事了。"

"可是,我们该怎么做?"

"萨莉,"博士喊道,"我们有没有可能包下一艘飞船,或者在货舱里买个空位?"

"去哪儿?"她回应道,"马其诺空间站吗?"此时,她正在和一男一女说话。罗丝猜测那两人是来换班的。

"哪儿都行,只要能离开电引域。"博士回答道。

她思忖片刻,半边嘴角微微下撇,"你们带了大量现金吗?"

"没带,"博士欢快地承认道,"一个子儿也没有。"

"幸亏酒水是鲍勃买的单,不然你们就要洗一个星期的杯子了。以后我们再来谈一谈,该拿什么支付你们那间房的费用。"

"事实上，是两间房。"罗丝指出，"我们有没有可能在飞船上乞得食宿？"

萨莉笑了笑，周身冒出水蒸气，"完全没有可能。"她想了一会儿又补充道，"码头尽头有一艘正在整修的飞船，准备开往马其诺空间站。如果他们还没配齐人手，或许会雇你们上船。"

"我们还带了一个很大的蓝盒子，"罗丝告诉她，"得把它一并带走。"

萨莉笑道："等他们同意雇你们之后，再跟他们说吧。"

西尔弗·萨莉让他们找的飞船停泊在码头尽头。与先前看到的巨轮相比，这艘飞船看起来小得多，更像是一只大号的游艇。船身中部有一只巨大的金属鼓轮，罗丝猜测那是飞船的锅炉。

整修工作正在紧锣密鼓地进行着。罗丝和博士以为飞船很快就可以离港，然而事与愿违，船长告诉他们这艘飞船需要彻底整修，离港的日子遥遥无期。船长是一个胖乎乎的中年男人，似乎船上有限的口粮根本不够他吃的。

"何必这么大费周章呢？"博士朝飞船点了点头。

"大费周章？因为又有尸体出现了。"说完，船长悻悻地回到船上。他大概是去洗劫冰箱了吧，罗丝心想。

"好吧，尸体出现了。"博士小声地说，"尸体。"他用令人不安的语气重复了一遍。

"'别过问'这个词一定是人们专门为你发明的吧?"罗丝对他说。

"既然我拥有通灵纸片,干吗不用它问问看呢?"他说着,向她挥了挥皮质钱包。罗丝猜想,通灵纸片上可能写着博士是某位高级调查官员,有权出入任何场所并调查任何事情。

果然,这招屡试不爽。穿着不同制服的士兵和医护人员纷纷退到两侧,配合地给博士和罗丝让路。

"你怎么不用通灵纸片在演唱会上弄个好座位,而非得用它来看毛骨悚然的尸体呢?"罗丝小声嘟哝道。

在瞧见尸体的一瞬间,她立刻移开目光,但还是看到了被利刃或尖爪划破的身体,以及一张惊恐的脸。死者正是先前跟他们在酒馆里聊天的老人罗德。

"他的口袋里有什么东西吗?"博士问道,"可能是一张对折的纸片,大概这么大?"

"有的,长官。"士兵回应道,看上去既惊讶又钦佩,"正是在口袋里发现的。您是怎么知道的?"

"恰巧猜对罢了。"博士谦虚地说,"把纸片拿给我看看。"

博士展开纸片,和罗丝一起盯着上面的图案——一团形状模糊的墨水渍。

"这是不是某种测试?"罗丝分析起来,"如果从中看到一只蝴蝶,就说明你人不错;如果从中看到一头熊,就说明你有问题了。[1]"

"那你看到的是什么?"博士严肃地问。

"一个黑色的污点,我猜可能是个人形。"

"我就怕你会这么说。"

"不能因为这样就认为我是坏人吧?你之前见过这种图案吗?"

他摇摇头,"没见过。不过,我猜这就是太空船员口中的黑色魅影。"

"听起来可不吉利。"

博士手里的纸片开始慢慢变黄,边缘也卷曲起来。就在他们眼皮底下,纸片逐渐化为灰烬。过了一会儿,连灰烬也不剩了。

"这是一道诅咒,"博士说,"看到黑色魅影就意味着你即将死亡。"

"哦,得了吧。"罗丝不假思索地说,"别开玩笑,这年头早就没人信了。"

"对,"博士小声地开口说,目光追随着被抬上担架的尸体,"没人信了。"

---

[1] 罗丝指的是罗夏墨迹测验,即借助墨渍图画对被试者进行投射型人格测试。

2

博士和罗丝看着尸体被搬上一辆小小的蒸汽机车,警戒队队员——一个满头灰发、身着灰色制服的无趣男人——陪同他们站在一旁。他一脸谄媚地笑着,急于给博士留下一个好印象。

"还有什么可以为您效劳的吗,长官?"当机车开走后,他紧张地问道。

"你知不知道死者是德列尔·麦卡维特的朋友?"博士漫不经心地说。

警戒队队员瞬间脸色煞白,"呃,不知道。"他承认道,"您指的是那种私人关系吗?"

"好吧,也可能只是熟人。有人得去通知麦卡维特一声,你觉得呢?"

罗丝注意到,这个男人已经面无血色。然而,他听到博士的提议后,脸色居然变得更加苍白了。

"是的……长官。"他犹豫地说。

"不过,不要使唤手下去做,别表现得像是长官本人没胆量去一样。不能这样做。"

"当然，长官。"警戒队队员就连声音也变得微弱无力。

"不错。"博士拍了拍他的肩膀，"既然我们达成了共识，那就给我安排一辆交通工具吧。我要亲自拜访他。"

警戒队队员的脸上重新恢复了血色，"长官，您要亲自去吗？"他毫不掩饰地松了一大口气。

"对，这样做似乎最合适。"

他猛地点点头以示赞同，然后一溜烟儿跑去叫车了。

"这样做合适吗？"罗丝困惑地说。

"当然合适，正好可以会一会德列尔·麦卡维特本人。他们曾经见过面，所以我有理由推测麦卡维特会对罗德的死感兴趣。另外，麦卡维特不仅富甲一方，而且很有影响力，说不定能助我们顺利登上飞船。有人会护送我到他那儿去——"

"先打住！你说的是'我'，那'们'哪儿去了？"

"哦，罗丝，罗丝，罗丝。"他反驳道，"你得去追踪另外两个同伙的线索，怎么能跟我一起走呢？"

罗丝开始回忆起来，"埃德和谁？"

"埃德和博尼。他们一共有四个人，其中两个已经丧命了。"他动了动手指，然后压低声音吓唬道，"而且死相都极其诡谲。"他耸耸肩，将双手插进口袋，"总得有人去提醒剩下的两个人，你觉得呢？"

"可是,我该去哪儿找他们?"

"要是我知道,"博士严肃地对她说,"要是真的那么容易,我早就自己去了。"

"那可真是谢谢了。"

这辆车慢得像马车一样,座位也不舒适。司机穿着不合身的灰色制服,看上去晦暗无比。他似乎更愿意漫天胡侃,而不愿让乘客享有片刻的安宁——这个毛病跟伦敦的出租车司机一模一样。于是,博士索性把话头引到德列尔·麦卡维特身上,让司机可以滔滔不绝地说个不停。

"他把这里管理得井井有条。"司机说,"你要知道,我们的报酬相当丰厚。毕竟,星落正好处于采矿带上,他有的是钱,对吧?不过,在很久以前可不是这样的。当时,麦卡维特的父亲不知从哪儿买下了这颗又难看又没用的星球,人们都说他疯了。可是,说不定他知道别人不知道的秘密,或者能预见未来呢?说不定因为电引域的存在,这颗星球其实便宜极了。"

"是的,"博士心不在焉地搭着话,"电引域。"

当机车开始爬坡时,引擎吃力地运转起来,发出刺耳的声音以示抗议。金属车轮碾过鹅卵石路面,发出咯吱咯吱的响声。博士正在考虑要不要下车去推一把,可司机丝毫没有减速的打算。新的一天即将开始,路上的行人渐渐多了起来。他猛踩油门向前冲去，逼得码头工人和孩子迅速躲到了道路两侧。温暖湿润的水汽在博士周遭弥漫开来，他裹紧了身上的西装。

"我们就快到了。我猜你一定见过麦卡维特很多次了，所以知道……算了，不说了。"

"当然。"博士附和道。

机车离开主路，驶入了一条狭窄的小道。此时，博士终于看到了即将抵达的目的地。在远离主要居住区的地方，兀立着一幢由石块砌成的房子，看起来十分壮观。博士不禁联想到了过去的美国种植庄园，富丽堂皇的宏伟建筑孤零零地立在原地，似乎冷漠地将人拒于千里之外——庄园的主人也是这种脾性吗？

"我只来过一次。"司机说，"那时候我刚入伙，在这里参加了欢迎仪式。在那件事发生后，大概是麦卡维特举办的第一场官方活动。"

"真的吗？"博士顿时提起了兴趣，"你感觉怎么样？"从司机的口中打探出"那件事"应该不难。

司机皱起眉头，"还好吧。不过，我后来干了件蠢事，还被长官教训了一番。可我怎么知道呢？又没人提醒过我。"

"没错，这不是你的错，毕竟没人提醒你那件事。当时发生了什么？"

"欢迎仪式是在房子后面的露天草坪上举行的。当我们列队走过时，他一边叫出我们的名字，一边和每个人握手问好，真是令人印象深刻。轮到我时,我便脱口而出了,真的不是故意的。"

"我明白。"

"当时,我就说了句'我为您妻子的事情感到抱歉',其他的一个字也没说。"他深吸一口气,摇了摇脑袋,"我真不该那样做……没错,他的妻子是个美人,只可惜……"机车缓缓停在华丽的门廊外,水汽在他们周围氤氲缭绕。"虽然那件事已经过去十年,但他现在仍然对此敏感极了。我们到了,先生。"

博士从车上跳下来,"非常感谢。"

"要等你吗?"

"那可太好了!"博士露出了微笑,"多谢。"

门廊外站着两名身材魁梧、穿着制服的警卫,身上的手枪皮套很是显眼。他们一脸戒备地打量着博士,后者则对两人笑了笑。

他自报家门说:"我是博士,需要与德列尔·麦卡维特先生见面。我来办公事。"他赶紧补上后一句,然后在警卫面前飞快地晃了晃通灵纸片。

两名警卫立刻行动起来,一个推开大门,另一个则大步穿过大厅,赶去向主人通报。

"慢慢来。"博士愉快地说。

罗丝沿原路返回,发现西尔弗·萨莉已经离开了酒馆。与先前的冷清相比,白天的酒馆人头攒动,人声鼎沸。吧台后面,接班的年轻男人在忙碌之余告诉罗丝，萨莉上的是夜班。另一个接班的女孩热心地跟罗丝攀谈起来，完全不介意把客人晾在一边。"换班的时候就是这样。"她盖过嘈杂的噪音大声说，"喂！泰尔科，别说了！要是惹上麻烦，我就喊警戒队过来了。帮帮忙吧！"

当罗丝向她描述完罗德遭遇的"意外"后，女孩深感悲痛。罗德和他的朋友都是酒馆的常客，所以她也认识其他两个人。她告诉罗丝可以去埃德和博尼目前工作的货栈找找看，而且货栈离这里并不远。罗丝谢过女孩，从人满为患的酒馆里艰难地挤了出来。"还好不是足球之夜。"她小声地抱怨道。

两名警卫请博士进入大厅等候，声称麦卡维特先生忙完就会马上过来。礼貌起见，博士等两人离开后才开始四处闲逛。他并不打算走得太远，只是想快速打探一番，熟悉一下环境，顺便通过室内的摆件和装潢来推测一下屋主是个什么样的人。

第一个房间和大厅一样富丽堂皇，屋内漆着淡雅的色彩，摆放着具有时代特色的家具和精致的地毯。在巨大的石砌壁炉上方的墙上，挂着一幅女人的画像。这幅画装裱在镶着金叶边的石膏画框内，看上去极尽奢华。从这幅作品可以看出，画师才华横溢。也许他略微夸大了事实，但画中人一定相貌不凡。画像中的女人似笑非笑，一头黑发绾成发髻，嘴唇如身上的红丝绒长礼裙一样血红，一双绿莹莹的眼睛凝视着博士。他向女人轻轻挥了挥手，确保没人在场后又向她抛了个飞吻。然后，他走出房间，关紧了房门。

相比之下，第二个房间稍小一些，不过更为实用。房间中央摆放着一张光滑发亮的木桌，上面除了一只小小的相框以外，其他什么也没放。在一张靠墙的桌子上，整整齐齐地摆放着纸和笔，旁边还搁着一只盛满水的喇叭口玻璃瓶。毫无疑问，这里是一间办公用的书房。不过，房间里四处散落着数十张画像，画中都是同一个女人，相框里的照片也是如此。那张照片或许是给画师做参考用的，上面的女人穿着和画中一样的血红色长礼裙。

桌子下方藏着一只上了锁的大木箱，上面还缠着几根金属链条，看起来像是老式的水手匣。博士猛地拽了拽挂锁，感觉锁扣微微有些松动。只是看起来保险罢了，用点儿巧劲就能把箱子打开，他心想。

博士来到大厅另一侧，推开第一扇门，走进了一条陈列长廊。"哇！终于像回事儿了！"他一声惊呼，然后打量起两侧的展柜。

透过正面的玻璃板，博士看到了里面的飞船模型。造型优美的黑色亚光船身和精致的激光枪模型，似乎与木制展柜格格不入。旁边的标签上写着：令人闻风丧胆的巡航战舰"海盗"号，隶属臭名昭著的太空海盗哈姆雷克·格林特。后面另附一段小字，申明该模型是根据飞船原型缩小复制而成，由泰坦宇宙飞船公司制作。另外，标签的最后一行还写着：该飞船目前下落不明。

另一个展柜里陈列着一些弯曲残缺的金属，标签上说这些都是"帝国"号的残骸，这艘飞船因为拒绝投降而被格林特炸毁。最突出的位置摆放着几张烧焦的航海日志和一块扭曲变形的芯片，据说是生命维持系统的一部分。不过，这玩意儿现在似乎连一只蚂蚁都救不活。

突然，博士发现展柜的背板上似乎有什么东西。那个图案淡得跟水印一样，让人看不真切。那是印在背景幕布上的吗？或许是一张脸？博士把头凑过去，鼻尖都快贴到玻璃上了。有意思的是，当他移动身体靠近时，那个图案似乎消失了；当他直起身体离远时，那个图案又出现了。

"啊。"等反应过来后，他尴尬地叫了出来，然后转身对背后的男人露出抱歉的微笑，"我猜你就是德列尔·麦卡维特先生。"

"你猜对了，我是麦卡维特。那你一定是警戒队巡查官约翰·史密斯博士。"

"没错，正是在下。顺便一提，你的藏品很不错，简直叹为观止。请原谅我不请自来，实在没忍住。"

"多谢夸奖。"麦卡维特是一个高高瘦瘦的男人，但声音低得出奇。他正值中年，应该也就三十来岁，头发却已经变成了深灰色。"我还以为自己见过了所有的巡查官，不过不要紧，让我带你转转吧，博士。"

"谢谢，正有此意。"

"希望你能一边参观,一边告诉我你为什么出现在这里,还有,为什么我从未听说过你。"

货栈的三楼一片漆黑,没有一丝光亮,地上堆满了包装箱、板条箱和托板,罗丝几乎找不到下脚的地方。此刻,埃德和博尼本应该在这里工作。

"有人吗?"她喊道。除了回声,她没听见任何回音。

罗丝艰难地开出一条路,脚踝磕在了板条箱上。她疼得低声咒骂了一句。

"这里有人吗?"她又喊了一次。

"谁在那儿?"黑暗中,有个声音传了过来。

"我要找埃德和博尼。"

"你找他们有什么事?"

"给他们捎个信儿。"

那个声音停顿了片刻。罗丝循着声音的方向摸索前进,结果腿又磕到了箱子角。

"听声音只是个小丫头。"另一个声音传了出来,虽然微弱,但语调冷漠而粗鲁。

"我才不是小丫头,我叫罗丝。我要跟你们谈一谈。"

突然,一个人影出现在她的面前,带着威胁的口吻说:"谈什么?"

罗丝倒吸一口凉气，"与罗德有关，他……发生了一场意外。"

"意外？"另一个人影站在她身后说，"他死了，对吧？"

"对。"她承认道，"我很抱歉。你们听说这件事了？"

罗丝面前的那个人影咒骂了一句，重重地坐在托板上，"到底发生了什么？"

他们都坐了下来。等眼睛渐渐适应黑暗之后，罗丝隐约分辨出了身边的两个人影。他们都上了年纪，因为经年累月地干体力活而有些疲累，而且还受到了惊吓。她把来龙去脉一股脑儿都告诉了他们。

"所以博士赶去见麦卡维特了，"她最后说，"以防他也有危险。"

"麦卡维特？"埃德发出干巴巴的笑声，"我看不会，他完全能够保护好自己。"

"去过太空后，他才发现自己的大部分藏品都是赝品。"博尼附和道，"好吧，我承认那些玩意儿都不是真的，但的确是好货，况且年代对得上，谁也看不出来。大概十年前，当第一次抵达这颗星球时，我们卖给了他一些货真价实的玩意儿。所以，我们以为这次能骗过他。"

"没错，说不定真的就是格林特的战利品呢？"埃德说，"既然没人找到那些宝藏，为什么不试一试？"

"你们把赝品卖给他，"罗丝说，"然后狠敲了一笔。"

"不,"埃德辩解道,"不完全是这样。十年前,我们卖给他的那枚大奖章就是真的。他说如果我们又发现了不错的东西,可以再卖给他。不过,我们后来再也没有新的发现了。我们一直在马其诺空间站打工,直到最近才回来。所以这次,我们以为他会对杂七杂八的东西感兴趣,比如一些饰品、几枚古老的硬币、装在漂亮盒子里的几副珠宝首饰之类的。在我们看来,这些都像是海盗的宝藏,毕竟,谁又看得出来呢?"

"老鲍勃就看得出来。"博尼说,"麦卡维特本来开开心心地以为这些都是格林特的战利品,结果被鲍勃当面戳穿。他太了解格林特了,所以一眼识破。"

"没错。"埃德说,"麦卡维特找不到证据反驳他,只好一遍又一遍地追问我们,想知道东西是在哪儿找到的,或者还有没有其他宝藏。要是我们告诉他,这些都是无意间从这里的一只旧板条箱里翻出来的,那可不太好,对吧?所以,我们只好编出谎话来让他满意——他想要被诅咒的宝藏,那我们就投其所好。"

"听起来很讽刺,对吧?"博尼说,"可怜的卡斯帕和罗德居然真的因为诅咒死去了。现在是时候离开了,有些人不待见我们。"

"麦卡维特吗?"罗丝猜测道。

埃德耸耸肩,"或许吧。他确实因此大发雷霆,但后来我们把钱全都还给他了。"

"谁都有可能。"博尼沮丧地说,"在过去十五年里,我们诓骗了太多人,我都记不清了。"

"哦,真棒。"罗丝自言自语道。

第六个展柜是空的——又或许是第七个,博士已经记不清了。他抑制住打哈欠的冲动,指了指空空如也的柜子,"别告诉我这里放着哈姆雷克·格林特的隐形斗篷,还是说,这是为失落的宝藏预留的展位?"

"你真幽默,博士。"麦卡维特面无表情地说,"我们都知道一个展柜装不下那些宝藏。"

"那隐形斗篷呢?"

"从未听说过。"

"好吧,那个东西一定有很多浪漫的传说,是吧?"

"你是说复活棺吗?"

博士一边点头,一边暗忖他说的到底是什么,"还能是什么?没错,我说的就是它。"

"其实,这个展柜之前陈列着一些令人惊叹的战利品,我最近才将它们收入囊中。但是,就在这几天,我才知道它们压根儿不是真品。尽管他们再三保证,但还是将赝品卖给了我。"

"啊。"博士反应过来,"你是指罗德和他的朋友们?毕竟,货物售出概不退换,买主需要自行负责。"

"是的。这又回到了最初的话题,我很感激你如此关心我的身体状况和个人安全。但是,我不认为那个可怜人的死——"

"两个可怜人的死。"博士冷冷地纠正他。

"我不认为他们的死会跟我扯上什么关系。"

"不会吗?"

"不会,"麦卡维特坚决地说,"我们的问题早就解决了。虽然我心存疑虑,但他们也许并没有恶意。在我们当面对峙之后,他们便欣然同意把钱退还给我。好吧……"一丝不易察觉的笑容悄悄浮现在他的脸上,"或许'欣然'这个词不太合适。"

"你不记恨他们吗?"

"如果你指的是恨得对他们痛下杀手,那我得澄清自己没有做过那种事。"

博士其实就是这个意思。听到麦卡维特的回答后,他笑着回应道:"那我想不出还有别的什么原因了。不过,我猜这个可怜人的死一定有原因,对吧?"他说着,指向旁边的一个展柜。

这是一尊金属雕像,展现的是一个正在尖叫的男人。他从头到脚都覆盖着某种黏稠的液体,液滴在滚落的瞬间就凝固了。扭曲变形的五官已经模糊不清,但张大的嘴巴和瞪大的双眼都透露着肉眼可见的恐惧。

"这是卡斯曼的大作,"麦卡维特说,似乎这句话已经解释了一切,"刻画的是洛哈特船长之死。据说,他的飞船'新月初升'号与格林特对抗了将近十七个小时。就在登上逃生舱的那一刻,整个人被沸腾的铅水淹没了。"

"恶心。"博士小声地说。

"你是这么想的吗?"麦卡维特微笑着倾身向前,"他觉得这很恶心,亲爱的。"他转而自言自语地嘟哝着,声音轻得连博士敏锐的耳朵也听不真切。他继续注视着这尊怪诞的雕像,然后大声说:"我倒是很喜欢。"

"我是说洛哈特船长的遭遇很恶心,"博士告诉他,"而这尊雕像则……超凡绝伦。"他赞同道,"虽然我对它还是喜欢不起来。"

"好吧,真可惜。不过,艺术总是众口难调的,不是吗?好了,让我带你出去吧。"麦卡维特领着博士走向门口。

博士使劲扭过头去,看向还没参观完的那些展柜,"可是,还有很多藏品没看呢。"他抗议道,好奇麦卡维特不想让自己看到什么东西。

"下次再看吧。我很忙的。"

他们走出房间,再次回到大厅。"你可以在这儿等我一下吗?"麦卡维特问道。

"为什么?"

麦卡维特飞快地皱了皱眉头,又立刻恢复笑容,"请等我去给你拿张名片。你可以打电话跟我约个时间,然后过来参观剩下的藏品。"

"哦,我基本上随时有空!"博士在他身后喊道,看着麦卡维特闷头向书房走去。

"记得找我。"再次走回来时,他递给博士一张只印了姓名和地址的名片。

"多谢,有用极了。"博士说着将名片揣进了裤兜,"虽然我已经知道你住哪儿了。"

麦卡维特搂住博士的肩膀,将他引到了门口。"他还会再来的,亲爱的。"麦卡维特又开始小声嘟哝起来,似乎没有注意到博士也听见了。"那就下次见了,博士!"然后,他大声地说。

"像个疯子一样。"博士低声说,然后愉快地点点头,"对了,还有一件事……"

"什么事?"麦卡维特的语气中流露出一丝不耐烦。

"你没生罗德他们的气吧?"

"生气?"

"比如恼火不快、怒不可遏、火冒三丈之类的。你没对他们发脾气吧?"

"我从不发脾气。"麦卡维特平静地说。

快走到门口的时候,警卫从外面帮他们把门打开了。

"那就好。"博士笑着说,"顺便一提,我为你妻子的事情感到抱歉。"

麦卡维特正准备转身离开，在听到博士的这句话后，他停下脚步，僵在了原地。门口的警卫将手摸向了枪套。

麦卡维特缓缓向博士转过身来。他面色苍白，眼睛里燃烧着怒火，全身都在发抖。当他强压住怒火开口时，声音仍然抖个不停，"她会回到我身边的。"他凑上前说，几乎要和博士的身体碰上了，"一定会的。她没有真正离开我，她会回来的。你等着瞧吧。"

"我会的。"博士小声地回应道，语气中带着一丝悲伤，"相信我，我会的。"

"没错，是时候离开了。"埃德说。淡橙色的光线从货栈尽头脏兮兮的窗户外透进来，映照出他黑黢黢的身影。

此时，屋内的两道黑影正对着另外两道黑影。

"是时候了。"博尼在罗丝身边附和道。

罗丝皱起了眉头。等一下！现在为什么一共有四道黑影？

"确实是时候了。"埃德旁边的黑影说。那个声音低沉沙哑，听上去还有些许悲伤。

埃德惊呼一声，吓得一下子站了起来。罗丝的反应和他如出一辙。博尼也站了起来，随着一道寒光闪过，他将刀子刺向了新来的访客。

一只巨掌立刻接住刀子，甩到了一边。"好吧，我可不能整天坐在这里唠唠叨叨的。"这道黑影不带一丝感情地说,"如你们所说,时间到了,抱歉。"

埃德撒腿就跑,罗丝紧跟其后。她以为博尼也跟上来了,但一阵充满恐惧和痛苦的啜泣声打破了她的幻想。罗丝放慢脚步停了下来,犹豫自己要不要掉头回去施以援手。

接着,埃德的尖叫声从货栈另一头传来,回荡在她的耳边。

罗丝猛地转身,看到巨大的黑影向她走来,血红的眼睛在昏暗的光线下一闪一闪的。一个巨大笨重的东西从她身旁飞过,像一袋土豆一样重重地砸到了旁边的板条箱上。那是埃德的尸体。

"不耽误你的时间了。"怪物跟罗丝擦肩而过,愉快地向她挥了挥手,"哦,抱歉把这里弄得一团糟。"

3

在回程的路上,司机还是那么健谈。"他还在自言自语吗?"他问道。

"嗯,是的。"博士证实道。

"他总是喃喃自语,似乎在跟消失已久的爱人说话。之前有位官员自作多情,以为他在跟自己说话,结果说错话了。"

"太尴尬了。"博士同情地说。

"他的下场可惨了。"司机附和道,一反常态地没有继续说下去,"你和麦卡维特相处得如何,先生?"眼看话题即将结束,司机赶紧问了一句。

"我们相处得很愉快。"博士答道,"聊得火热,一见如故,好得不能再好了。"

司机连鲍勃家的地址都知道,于是,博士请他把自己送了过去。在码头的另一边,鲍勃住在一条鹅卵石窄街的最深处。门口停着一辆巨型起重机,随着悬臂上升、转动和下降,一股股水蒸气从车身里喷了出来。

"要等你吗?"司机问道。

博士跳下车,"不用了,到这儿就行了。非常感谢。"

"要坐车的时候,就找比格·杰西。"

博士抬头看着他,"比格·杰西。"他平静地重复了一遍。

"没错。"

博士咧嘴一笑,和司机挥手作别,"好的,多谢。"机车扬长而去,带起一阵水汽。博士又轻声重复了一遍:"比格·杰西。"然后,他走到门口,拽了一下门铃的绳子。

"博士?!"这么快又见到他,鲍勃似乎十分惊讶。

博士露出迷人的笑容,自顾自地走进屋内,"我刚才和你的一位朋友聊了一会儿。"

"朋友?"鲍勃困惑不解地说。

"德列尔·麦卡维特。"

"哦,我们谈不上是朋友,只不过有一个共同的爱好。"

"是的。听说你最近曾向他指出,他做了一个不太明智的购买决定。"

"什么?"鲍勃领着博士来到一间狭小的客厅。

博士饶有兴致地四处查看起来。这间房子并不大,但屋内满满当当地堆着与格林特有关的战利品。不同于麦卡维特单独为藏品留出一间陈列室,鲍勃把东西摆得到处都是。每一面墙上都挂着各种照片和画,上面全是格林特的飞船和他的船员们。博士驻足观看一张张合影，每张照片之间只有细微的差别。

"麦卡维特入手了一批赝品。"博士说。

"哦，没错，那些东西一眼就能看出来是假的。当我指出来的时候，他好像还不太高兴。"鲍勃笑着回忆道。

"幸好他从不发脾气。"博士小声地说，食指轻叩相框玻璃，"我对格林特的船员不太了解，它们全是机器人吗？"他和鲍勃并肩站在照片面前。

照片上的一群人站在飞船前面，显然，正中间的就是格林特。他是一个高个子男人，肩膀很宽，满头黑发，还留着浓密的胡子。尽管照片已经泛黄，但博士仍能看到他的眼睛里闪烁着贪婪的光芒。在他脚边，还跪着一个十五岁左右的男孩。

除此之外，其他船员都不是人类。博士数了数，一共有七个机器人。它们棱角分明，金属骨架带有明亮的光泽，看起来冷酷无情。每个机器人的设计各不相同，但明显都是为战斗专门打造的。站在格林特左侧的机器人稍矮一头，但有着同样宽阔的肩膀，左臂末端装着一枚锋利的刀片。在它空白的金属面罩上，裂开的大洞变成了眼睛和嘴巴，宛如一张骷髅脸……

"那是船上的服务生罗比。"一只小小的指头伸了出来，指着跪在一旁的那个男孩。吉姆在没人注意的情况下，设法挤到了博士和鲍勃中间。

"那你知道那些机器人的名字吗？"博士问。

"当然，我全都叫得出名字。"他指着格林特身边那个矮胖的机器人说，"那是萨尔沃 7-50，后面的高个子是第三代战斗机器人加农 -K，我有一个它的活动模型。那个模型很珍贵，只能收藏在盒子里，鲍勃叔叔不让我随便动它——这样就显得更珍贵了。不过，我觉得应该把它拿出来玩一玩。我集齐了每个机器人的模型，但只有加农 -K 的那个是原装初代模型。"

博士俯下身子，凑近吉姆说："当然可以把它拿出来。"他耳语道，"想知道为什么吗？因为你说得对，模型就是用来玩的。"

"不过，要等鲍勃叔叔修理好之后再说了。"吉姆沮丧地说，"那个模型的脑袋老是掉下来，得用胶水粘回去。它的脖子太细了，我觉得这属于设计瑕疵，但他却认为模型制作得非常精致逼真。这种模型与买克朗克肉饼时免费赠送的那种垃圾玩具完全不一样，这是鲍勃叔叔的原话。"

博士站直身子，冲鲍勃微微一笑。鲍勃一脸慈爱地注视着吉姆，揉了揉男孩的头发，喜爱之情溢于言表。

"你也收集了这个机器人的模型，对吗？"博士指着另一个机器人问道。

吉姆点点头，"对，那个是埃尔维斯。"机器人的腿部呈喇叭状，眉毛似乎是画上去的。"没人知道它为什么叫这个名字。"

"这个呢？"博士指着一个看上去像油桶一样的机器人，它的双腿又粗又短，胳膊宛如弯刀的尖端。

"它是达斯提,而那个是斯塔布斯。"吉姆说着,指向一个肥大笨重的机器人。它的双腿被履带取而代之,胳膊十分短小,相机状的电子眼从胸腔中间往外张望。"它旁边是奥克托1-9,每条胳膊都是由不同类型的机械组件拼装起来的。它的活动模型也配备了各式各样的小号组件,可惜大多数都被我弄丢了。最后这个是史密瑟斯。"这个机器人看上去酷肖由金属和塑料组成的仿生人,身体正面残留着深色液体。

"它是轮机手,大多数时间都在甲板下面工作。"鲍勃补充道。

"最后一个?"博士说,"那这个人又是谁?"他指向站在最边上的一个巨大的黑色人影。

"那里没人。"鲍勃说,"只是一道阴影。光线问题。"

博士凝视着这张照片,"真的吗?那道阴影看起来像是一个体型庞大的恐怖家伙。"他挺起胸膛,挥动双臂比画起来,"说不定也是一名海盗。"他故意压低声音说。

"不。"吉姆反驳道,"照片上没别人了,只有格林特和他的船员——罗比和七个机器人。直到有一天,格林特背叛了所有人。"

"太棒了,又有故事可以听了。那天发生了什么事?"

"没人知道罗比遭遇了什么。"鲍勃告诉博士,"那个可怜的孩子可能被丢出了飞船。格林特把机器人全都卖给了冶金五号星球上的某个经销商,把它们当成废品处理了。"

"七个机器人在同一天全部融掉了。"吉姆说,"故事就这样结束了。据说,格林特驾驶飞船前往星落,然后再也没有出现在世人的眼中。"

另一面墙上挂着一幅星图。鲍勃轻快地走过去指着星图的右下角,那里正是星落的位置,"格林特不可能到这儿来。"他说着指向占据了整个左半边的阴影地带,"这一片都是电引域,他的飞船只要驶入边界区就会出故障。所以,他很可能去的是完全相反的方向。不过,'失落的宝藏'也不失为一个好故事,可以吸引人们络绎不绝地到这里来。"

"好故事。"博士揶揄道,"这就是你沉迷于此的原因吗?"

"至少是个不错的原因。"鲍勃说。

博士还没来得及回答,门铃就响了起来。趁吉姆跑去开门的空当,博士说:"既然你如此痴迷于格林特和他的传奇冒险……"

"那我为什么总是给吉姆泼冷水?为什么不支持他的梦想?"鲍勃接话道。

博士连连点头,挥动着食指说:"没错。"

"跟德列尔·麦卡维特不同,我不是一个浪漫主义者,对失落的宝藏和复活棺都不感兴趣。我想,我更像是一个史学家,喜欢研究传说背后的真相。我很清楚,传说不光有精彩冒险和英雄主义。"

"没错。"博士小声地赞同道,"确实如此。"

"无数人因此丧命。"鲍勃带着极其悲伤的神色说,"抛开那些传奇冒险,格林特就是一个杀人犯。当然,他不是出于兴趣而随便杀人——萨尔沃和其他机器人倒有可能那么干——而是出于贪婪。哈姆雷克·格林特烧杀掳掠,对生命毫无敬畏之心。"他耸了耸肩,"这是他真正的罪行,而我不希望吉姆抱着这样的观念长大成人。我之所以收藏起爆器、激光刀和失效的加农炮弹,是因为想用这些东西提醒自己格林特欠下的人命。"

"可是这些东西无法让人死而复生。"博士温和地说。

"但它们可以让更多的人活下去。"

博士点点头,渐渐明白了鲍勃的观点。他露出悲伤的微笑,小声地问:"你失去了什么人?"

鲍勃似乎很想倾诉,双眼早已噙满泪水。可他还没来得及回答,吉姆就领着西尔弗·萨莉走了进来。

"快看是谁来找我们啦!"男孩激动地说。

于是,鲍勃没再继续说下去。

酒馆里没有博士的踪影,也没有他的口信,不过,罗丝对此已经见怪不怪了。好在接班的那个女孩知道鲍勃家的地址,于是给罗丝指了路。尽管罗丝看起来十分紧张,面色苍白,甚至还有点惊慌失措,但女孩并没有多问。

当罗丝抵达的时候,鲍勃家的气氛和她的心情大相径庭。有两个人横死在货栈里,她既没办法救下他们,也没办法告诉任何人。她很清楚,仅凭自己根本无力挽救埃德和博尼。可要是把发生的一切告诉警戒队,她说不定又会落得背黑锅的下场。所以,当看到眼前这一幕的时候,罗丝感到既平静又懊恼:博士、鲍勃、吉姆和萨莉其乐融融地坐在一起,一边喝着似乎是茶的某种饮品,一边吃着似乎是水果蛋糕的某种甜点。博士正在侃侃而谈,讲述着连罗丝听来都神乎其神的开拓疆域的冒险故事。他讲着讲着差点笑出声,好似为了说完极其有趣的笑话而竭力不让自己放声大笑。

趁博士停顿的间隙,罗丝立马插话道:"有一头道歉怪把人撕成了碎片,然后不停地说自己有多抱歉。"

博士看向她,"天哪!"他说,"好吧,这是个新故事。你先坐下来喝杯茶,等我说完狂人费尔迪的故事之后,再跟我们展开讲讲。"

"出人命了,博士!"她高声抗议道。

"对,你说到点子上了。"博士不再看她,而是转向了吉姆。当他再次开口时,笑意渐渐退去,"纵使疯狂的冒险再激动人心,真正的危险也一直如影随形。费尔迪的故事是真实存在的,他也真的死去了。有得必有失。当你有所追求的时候,往往要付出相应的代价,而你必须想明白自己是否愿意这样做。在所有代价之中,生命的代价是最惨痛和最沉重的。对吧,罗丝?"他小声地补充道。

罗丝点了点头,这才意识到博士不只是在讲故事。

鲍勃也反应过来了。他的手越过桌子,紧紧地握住了博士的手。"多谢。"他郑重其事地点了点头。

"那么,接下来轮到怪物的故事了!"博士站起身,开始绕着桌子打转。他不停地走来走去,时不时还停下来兴奋地踮起脚尖。其他人只好左右摆头,以便目光能够一直追随着博士。"那个怪物现在应该已经消失了。除了哀悼死者之外,我们对此无能为力。"他用指关节轻叩牙齿,"我的手指原来这么长吗?"博士大声地说,"无所谓了。"他向罗丝伸出修长的食指,"死者是先前那些受害者的朋友吗?"

"是的。这一切是有关联的,对吧?"

"对,应该是这样。那么,除了彼此认识之外,他们还有什么共同点吗?给你们十秒钟的时间,谁来回答这个问题?"

吉姆瞪大眼睛,全神贯注地聆听着。

西尔弗·萨莉隔着桌子凑向罗丝,"死者是埃德和博尼吗?"伴随着嘶嘶声,她的肩膀冒出了水蒸气。

罗丝点了点头。

"共同点应该是坑蒙拐骗吧。"萨莉耸了耸肩,似乎对此不屑一顾,"都是他们自找的。"

鲍勃叹了口气,"恐怕她说对了。他们虽然算不上是坏人,但喜欢坑蒙拐骗，总是偷走或卖掉根本不属于自己的东西。"

"比如……"博士说，"把有关格林特的赝品卖给德列尔·麦卡维特？"

"对。"鲍勃说，"你也知道这件事了。"

博士点点头，"跟我说说麦卡维特夫人的事吧，她似乎在他心里留下了很深的创伤。"

"跟我说说，"罗丝模仿道，"我们的话题什么时候跑这么远了？"她在脑袋上方挥了挥手，"你们到底在说什么？"

为了从最初的故事讲起，鲍勃和吉姆领着博士、罗丝和萨莉开始了一场藏品之旅。罗丝本以为藏品只是一些装在鞋盒里的稀奇玩意儿，然而，这段"旅程"完完全全超出了她的想象。

"这个叫格林特的家伙到底是谁？"当他们走进一条狭窄的陈列长廊时，罗丝开口道。

陈列长廊里摆满了一排排展柜，里面收藏着枪支、仪器和一些罗丝猜不出用途的金属物件。这些东西全都十分陈旧，黯淡无光，大部分都变形破损了。墙上挂着许多照片，上面都是一艘艘太空飞船——有的崭新干净，有的只剩破旧不堪的残骸，旁边附上了飞船遭遇袭击和损伤情况的新闻简报，以及列有货物和乘客信息的舱单。几个假人摆放在照片周围，有的衣服上沾满油污，有的穿着缀有金色穗带的船长束腰外套，有的则身着被烫出洞的舞会礼服……

"哈姆雷克·格林特,"鲍勃讲述起来,"是一名海盗、冒险家、劫掠者和强盗……在过去的五十年里,他通过抢夺大量珠宝、稀有金属和罕见的工艺品而大发横财。"

"他最后怎么样了?"罗丝问,"被人抓住了吗?"

"从来没有。"萨莉说,"对于太空缉私局来说,他和他的船员都太过狡猾。缉私局的人从来没有成功抓到他们。"

"他的船员就是那些机器人,对吧?"博士说。

鲍勃点点头,"对,除了那个服务生男孩,还有……"他的声音渐渐弱了下去,然后他顿了顿,轻轻拂去船长束腰外套上的灰尘。

"还有什么?"罗丝催促道。

"还有,这或许就是他如此成功的原因。那些机器人冰冷无情,个性电路存在缺陷,按理应该被召回并扣押。不过,它们却对格林特忠心耿耿,不仅团结协作,而且完全信任他。"

"听上去真是讽刺。"萨莉说。

"为什么?"罗丝问。

"因为他到头来把它们当废品卖了,"吉姆说,"结局就是这样。自此之后,格林特销声匿迹。他的飞船驶入星系之中,然后再也没有出现过。"

"可这又是为什么呢?"罗丝问。

"或许他挣了一大笔钱，足够用来安享晚年了，对吧？"博士说。

"对，没错，当时他无疑已经积攒了一大笔财富。"鲍勃说。

"快来看失落的宝藏。"吉姆兴奋地说，"我们收藏了不少。"他蹦蹦跳跳地在前面引路，示意他们跟上来。大家被他的热情感染，全都加快了脚步。

"你们找到了格林特的宝藏？"萨莉说。

"并没有，"鲍勃笑着说，"只是一堆仿制的玩意儿。很多年前，我们找了一堆照片和战利品的清单作为参考，用旧锡罐、金属箔之类的东西把宝藏仿制了出来。老实说，这些玩意儿做得并不逼真，但吉姆十分喜欢。"

"没错，空气可能会破坏金属效果。"博士赞同地说，"你猜怎么着，这是我在一天之内第二次参观有关格林特的藏品，感觉自己马上要成为一名专家了。"

众人转身继续往前走，唯独吉姆一动不动。"有一些硬币不见了。"他说，"鲍勃叔叔，你看！后面那个矮架子上原先至少堆着一打硬币，可现在只剩寥寥几枚了。"

鲍勃眉头紧蹙，转身对他说："我觉得硬币没有变少，孩子。"他说着揉了揉男孩的头发，"不要太贪心了。"

"不，"吉姆坚持道，"有一些硬币确实不见了。"

"或许是掉到地上了。"博士猜测道，"硬币可能从架子上滑下去了。这里最近发生过地震吗?或者有人在楼上跳过莫里斯舞[1]吗?"

隔壁房间里塞满了褪色发黑、破破烂烂的飞船残骸。除了船壳、护板和引擎零件,还有一些家具、照射灯和船舱的固定设施。

"这些全是'新星公主'号的残骸。"鲍勃说。

罗丝挨着博士说:"你发现没,鲍勃家的房子似乎里面比外面大?"

"如果真是这样,"博士小声地回应道,"那我们就有的担心了。"他转而大声地询问道:"除了船上的人已经死了之外,'新星公主'号有什么特别的?"

"这是格林特袭击的最后一艘飞船。"吉姆说,"然后他就卖掉船员,消失在了茫茫太空之中。"

"那为什么人们认为他来到了星落上?"

"不是来到星落上,"萨莉说,"而是朝着星落的方向行驶。"

"只是传说罢了,"鲍勃附和道,"也许他曾经往这个方向来过。我们无从得知他消失的原因——或许,他受够了这样的生活,于是选择金盆洗手;又或许,他已经厌倦了死亡、杀戮,以及永无休止的逃亡和躲藏。就像我之前跟博士说的那样,他没有蒸汽飞船,所以没法来到这里。"

---

1. 一种英国传统民俗舞蹈。

"那他有什么飞船?"罗丝问。

"'海盗'号是一艘巡航战舰,对吧?"博士说,"从排气喷嘴的设计可以推测出,它是阿斯特拉级别的。"

鲍勃点了点头。

"你是怎么知道的?"罗丝问。

"德列尔·麦卡维特收藏了'海盗'号的模型。对了,"他对鲍勃说,"你还没告诉我麦卡维特夫人出了什么事?"

"她失踪了。"萨莉说,"这件事在这里已经不是什么秘密,她和警戒队队长私奔了。"

"看来没出什么大事。"博士说。

"除了麦卡维特,其他所有人都知道他们在密会。"鲍勃接着说,"直到两人同时失踪后,他才听说这件事,从而对此耿耿于怀。"

"据我所知,他到现在仍然无法释怀——不知道是因为她弃他而去,还是因为就他一人被蒙在了鼓里。"

鲍勃领着他们回到客厅,"很可能是后者。"他说,"他本来就是那种难以释怀的家伙。自从拉里莎离开之后,他便渐渐沉迷于格林特的传说,收藏癖也是从那时起养成的。不过,我觉得他这样做很大程度上是为了宣传星落。"

"什么意思?"罗丝说。

"许多人是奔着格林特的传说才来到星落的。"萨莉告诉他们,"他们本可以在行星斯科蒂亚上开采矿藏,因为那里虽然环境恶劣,但并不在电引域之内,不会对飞船造成影响。可他们听说在星落上有机会找到失落的宝藏,于是一窝蜂全到这里来了。"

"麦卡维特会从每一笔矿藏交易里抽取佣金,对吧?"罗丝回忆道。

"对,没错。"博士说,"所以他正在大力发展工业和旅游业。好吧,可能只有工业。虽然对格林特研究不深,但麦卡维特对宝藏和传说十分着迷。因此,他轻易就被骗子蛊惑,买下了那些据说是格林特战利品的赝品。"

"比如那群已经丧命的骗子。"罗丝反应过来。

"是的。"

"不过,"鲍勃缓缓开口道,"麦卡维特并不蠢,也没人敢激怒他。他知道自己不懂行,所以总来找我征求专业意见。一般情况下,我还能从中小赚一笔。唯独这次我还没帮他鉴别,他就已经买了。"

"是啊。"吉姆插话道,"他怎么就轻易相信那只旧箱子是复活棺呢?"

"复活棺是什么?格林特的另一个传说吗?"博士鼓励他们继续说下去。

鲍勃点点头,"正是这个复活棺令格林特的敌人闻风丧胆。没人知道传说是怎么流传开的,也没人知道里面有多少内容是真实的。不过,复活棺应该是格林特最了不起的发现。"

"是'谁发现就归谁'的那种'发现'吗?你的意思是这是他偷来的?"罗丝询问道。

"据说是从一艘'克莱诺夫拉斯特'号克隆飞船上得到的。"

"这个复活棺到底是什么东西?放置尸体的棺材吗?"罗丝问。

"据说,它能保管人死后的灵魂。"

"一旦你再次打开它,"吉姆激动地说,"死去的那个人就会复活。因此,就算格林特受了伤或者奄奄一息,甚至已经被人杀死,他也能依靠复活棺重生。"

"不死之身。"博士沉思着自言自语,"倒是给人一种被斯卡罗[1]支配的恐惧。"

"前提是复活棺真的存在,"鲍勃小声地说,"而且真的如传说那样起作用。"

此时,萨莉已经离开了,吉姆正帮着鲍勃收拾茶杯。罗丝趁机把博士拉到一边,单独对他说:"我们做的这些事都没法帮助塔迪斯恢复运转。"

"不过很有意思。"博士反驳道,"对了,我想给你看样东

---

1. 戴立克的母星。

西。跟我来。"

"去哪儿?"她焦急地问。

"就在这儿。"他领着罗丝穿过一扇门,走到挂着照片的墙边,"那个人就是臭名昭著的格林特,旁边的是他的船员。"他逐一介绍了服务生罗比和每一个机器人,轮到萨尔沃7-50时,博士补充道:"它是这伙儿海盗中最凶残暴虐的一个。嚯嚯!"他故意带着康沃尔地区[1]的口音低吼了两声。

"嗯嗯,这张照片和复活棺的传说让我想到……"

"想到什么?"

"如果格林特永生不死的话……"

"传说不完全是这么说的。"博士向她指出。

"好吧,但他确实消失了,不是吗?说不定他真的来到了这里。另外,鲍勃似乎对格林特的一切了如指掌。"她把脸凑上去,仔细打量着照片上的那个男人,然后用近乎耳语的声音说:"我们可能没认出来,毕竟他现在没留胡子了,但假设……"

"假设鲍勃就是哈姆雷克·格林特本人?"博士瞪大眼睛,小声地回应道。

"对。怎么,为什么不可能?"

博士咧嘴笑了笑,罗丝顿时感到不怎么确定了。"因为鲍勃

---

[1]. 英格兰西南部的一个郡,曾是世界上最著名的产锡区之一。

得有……六十多岁了，"他说，"而且他收藏格林特的东西并不能证明什么。"

"话是没错，但格林特看上去也就四十来岁的样子，说不定在消失前他刚拍完这张照片。"

"是有这种可能。但是，罗丝，格林特已经消失近五十年了。"

"哦，好吧。"

"况且他是人类，就算仍然在世，也只能坐在轮椅上收藏养老金而非战利品。"

罗丝再次开口了："那你想让我看什么？"

博士指向照片边缘，"看到那里没？那团黑色的污渍。"

"是一道阴影吗？"她仔细端详了一会儿，"也可能是个人影。我看不太出来。"

"你想到什么了吗？"博士挑起一侧的眉毛暗示道。

于是，她再次认真地看了看，"我想到了……"

"是什么？"

"像是那个杀死了埃德和博尼的怪物。"

"没错，就怕你会这么说。"博士难过地说。

"我想，那是黑色魅影。"一个声音从照片下方传来。

罗丝和博士同时吃了一惊，低头看到吉姆站在他们面前。

"你来这里多久了？"博士询问道。

他没有回答这个问题，而是指着照片说："你们不觉得那团污渍像是黑色魅影吗？据说这是一道古老的诅咒：一旦身上出现黑色魅影，死亡就会找上你。"

罗丝瞪大眼睛望着博士，"那个男人收到的纸片上就出现了黑色魅影！"

"哪个男人？"吉姆问道。就在这时，门铃响了起来，他喊了声"我去开门"，便跑走了。

"这小子永远这么兴高采烈、热情洋溢。"博士羡慕地摇了摇头，"年轻真好啊！"当看到罗丝的表情后，他赶紧收起笑容，"抱歉，我的意思是更年轻一点。呃，当然，你也很年轻，还富有想象力，我不是在否认什么，不过……好吧，让我们回到黑色魅影这个话题上。"他清了清嗓子，"我记得黑色魅影好像是照片上那样的。"他将手伸进口袋，"对了，纸片。我这里也有类似的东西，比如德列尔·麦卡维特的名片和……这是什么？"他说着，掏出一张折叠起来的羊皮纸。

罗丝聚精会神地盯着博士手里的纸片，完全没有听到开门的声音。

博士展开纸片，仔细观察着上面的图案，"没——错——"他缓缓开口道，"黑色魅影就长这样。"他轻轻地吹了一声口哨，"很巧妙，真的。"

接着，伴随吉姆的尖叫声，一个毛发蓬乱的庞然大物出现在了门口。它的毛发如同无月之夜一般漆黑。

"怎么又见到你了?!"一个低沉粗哑的声音对罗丝说,"你习惯了就好。听着,我对此感到非常抱歉。"

博士举起纸片,好像在拿上面的图案跟门口的黑影作对比。与此同时,长有利爪的巨掌向他拍了过来。

4

在这紧要关头,博士飞快地往旁边一躲,使得巨掌拍了个空。"现在,我要去一个地方。"他上气不接下气地对罗丝说,然后狂奔起来。

"好吧,比如停尸房。"她小声地说。当高大的怪物温柔地挤开她,以便继续追捕博士时,罗丝下意识地说了句"抱歉",还闻到了它身上散发出来的臭味儿。

"麻烦让一让。"怪物说,"谢谢了,下次再见。"撂下这句话后,它迈着缓慢的步子穿过了房间。

等跑进鲍勃的陈列长廊后,博士便不见了踪影。怪物在一面镜子前止住脚步,快速地打量了一下自己的仪容。它朝指尖使劲儿吹了口气,然后用身上的毛发将爪子打磨了一番。

"千万别伤害那个男孩!"罗丝在它身后大喊道。

这个怪物回过头,露出了难过的表情,"拜托,你把我当什么了?"它摇了摇头,又咂了咂嘴,然后离开了。

"另外,千万别伤害博士!"罗丝大喊道。她犹豫不决,不知道是该跟上去,还是去看看吉姆有没有事。"我想,博士应该可以保护好自己。"她最后决定跑去找吉姆。

逃跑并不是博士的天性,他真正想要做的是在占据优势后,与对方展开协商。首先,他需要某种精巧复杂、具有威力的武器来自保。尖头木棍是个不错的选择,他能用它来保住自己的小命。其次,他并不想伤害这个怪物,只是想问它几个问题。

博士穿过摆放着"新星公主"号残骸的陈列室,路过堆满仿制品的小房间,钻进了旁边一条黑黢黢的狭窄通道。他小心翼翼地沿着通道缓慢前进,暗自希望那个体型庞大的怪物没法跟上来。然而,通道尽头是一堵空墙,侧面还有一扇带锁的门。博士试探着转动把手,出乎意料的是,门居然没锁。

博士回头看向通道入口,依稀辨认出怪物毛发蓬乱的身影。它似乎还没发现博士的踪迹。因此,只要他不干什么蠢事,就有机会脱身。于是,博士悄悄打开门,躲进了昏暗的房间。他一脚踏入成堆的"宝藏"之中,不小心碰倒了一叠摆放整齐的银质高脚杯。杯子打翻巨大的金质餐盘,又连带着珠宝、硬币和古董如同雪崩一般落到地上,发出了巨大的声响。

"哎呀!"博士注视着倾泻而下的"宝藏"大叫道,"我忘了这里是密封起来的。"他皱起了眉头,"有意思。"

一枚镶着红宝石、似乎还闪烁着钻石光芒的胸针滚落在地,最后轻快地停了下来。博士发现,除了他自己,还有一个人也留意到了这枚胸针。他转过头,看到那个怪物叉着腰站在玻璃屏的另一侧,脑袋歪到一边,眼睛直勾勾地盯着自己。

"教训一:千万不能引人注目。"博士嘟哝一声,冲怪物挥了挥手。

怪物也挥挥手以示回应。接着,它撞碎玻璃屏,直直地扑向博士。

博士立刻掉头,顺着通道跑了出去。他踩过破碎的玻璃碴,冲进了摆满展柜的陈列长廊。他隐约记得长廊的墙上挂着一把激光枪,不过枪身有些陈旧,锈迹斑斑。他费了一番工夫才把枪从支架上取下来,然后把它架在了胸前。当怪物走进长廊的时候,博士已经做好准备,稳稳地端起枪,摆出了射击的姿势。

怪物犹豫着停了下来,低头注视着枪管。

"别过来,否则我开枪了。"博士恐吓道,语气严厉。

怪物笑道:"那你开枪吧。"

"别看这把枪又旧又破,但我向你保证,它用起来好好的。"

"也许吧。"怪物缓缓向他逼近,"快开枪吧。"

博士瞄准左上方,想让激光擦过怪物的肩膀以示警告。他扣动扳机,但什么也没有发生,只有一种不祥的预感从他心中缓缓升起。

"哦,电引域!该死的电引域!"博士将失效的激光枪一把扔到地上。

"希望你没有砸坏激光枪。"怪物一脸严肃地告诉他,"鲍勃对那把枪引以为傲。"

"鲍勃吗?"博士毫不让步,"他跟你有什么关系?反正你为了抓住我,就要把这里搅个天翻地覆了。"

"喂!这么说可不公平。"怪物反驳道。此刻,它正站在博士的面前,高高在上地看着他。"没错,我是得把你撕碎,但大可不必为此造成没必要的破坏。如果可以选择的话,我什么都不想撕碎。"它难过地动了两下宽阔的肩膀,似乎是在耸肩,"可惜,工作就是工作。我很抱歉。"这个庞然大物俯下身来,伸出巨掌用力捏住了博士的肩膀。

"等一下!"博士皱着眉急切地说,"你的意思是,其实你并不愿意杀我,对吗?"

"呃,话虽如此,但我……"

"但你没得选择。"

"黑色魅影就像一份契约,没有讨价还价的余地,要么完成约定,要么换成我接受处罚——砰!从哪儿来回哪儿去,重新承受无尽的痛苦和煎熬。"

"回哪儿去?我的意思是,你来自哪里?"

"暗影维度。"

尽管动弹不得,博士还是尽力做出点头的动作,"原来如此。"

"就是这么回事。我很抱歉,你准备好了吗?"

"哦,我准备得差不多……"一个念头突然冒了出来,博士的声音渐渐低了下去,"稍等片刻。"

怪物叹了口气,"这回又是什么事?"

"你怎么知道要找的人是我?"

"我收到了来自黑色魅影的信息,上面有你的名字和外貌特征。我可以凭借一种难以解释的能力,通过纸片上的图案和墨水的分子构成来获得信息,至今还没出过错。"怪物思索了一下,补充道,"应该没有。"

"那你自己喜欢这样做吗?"

"喜欢什么?把别人的头扯下来吗?"

"是的。我看得出来,你其实并不怎么乐意,对吧?"

"可我别无选择。"怪物悲伤地说,"所以,你继续保持这个姿势就好。"它的巨掌捏得更紧了,利爪发出了不祥的咔嚓声。

"不,不,不!"博士的牙齿咬得咯咯作响,"你抓错人了!"

怪物微微松开巨掌,"真的吗?不,我应该没抓错。"它思索道,"如果可以选择的话,我更愿意休息一阵子,恶补一下还没来得及看的录影带和图书。我有厚厚一摞书呢,堆起来都要到你的头顶了。另外,我还想再拿个学位。"

"什么?!"博士震惊地说,挣扎着想要摆脱束缚。

"我明白,我明白。"怪物承认道,"学位又有什么用呢?

我已经取得三个学位了,甚至还有一个荣誉博士学位。"

"真的吗?"博士的心中燃起一丝希望,"我也取得了博士学位,好吧,差不多是这样。你看,宇宙真小啊,我们之间竟然有这么多共同点。"

"你的意思是,在这个维度里我们都没什么前途?"

"对……呃,不对。"博士立马更正道,"我不是这个意思。总之,你抓错人了。相信我!"

"我凭什么相信你?"

"因为你不想杀我。"博士的双脚离开了地面,他开始担心自己是否还能落回地上。

"话虽如此,但如我所说,我别无选择。抱歉。"

"我可以证明这一点!"

怪物缓缓把博士放低,"哦?"

"那个把黑色魅影放到我身上的人……他的名字叫作……"

怪物大笑起来,"不,别想骗我泄露主人的名字。哦,或许是女主人也说不定。如果我说漏了嘴,你可能会把黑色魅影悄悄放回去,从而逆转诅咒,让我跑去杀了他。面对现实吧,我帮不了你。真是抱歉。"它的巨掌再次捏紧,"顺便一提,西装不错,我尽量不把衣服毁了。"

"谢了。但是等一下,你说你知道我的名字?"

"所以呢?"

"所以我的名字是什么？"

"你不知道自己的名字吗？你是在玩'别让我不明不白就死掉'的把戏吗？如果真是这样，那我可见得多了。你知道吗？之前有个家伙——你想都想不到——他实际上……"

"不，"博士反驳道，"你错了。如果有人把我的名字告诉你，那你一定抓错人了。"当怪物把他高高举过头顶时，博士感觉整个世界旋转成了一个可怕的角度，胳膊也更加疼痛难忍。"因为我根本没有名字！"博士大吼道，"这就是我——没有名字的博士。随便问谁都可以证明。"他胡乱抓扯着怪物的毛发，但收效甚微。

"博士！"罗丝在远处大喊道。

"听到了吧？"他盯着怪物毛发蓬乱的身体说，眼前的世界随即停止了旋转。

"没有名字？"

"对，我就叫博士。这算不上是个名字，对吧？"

"别开玩笑。"

世界再一次旋转起来，博士以为怪物只是在挖苦自己，以为它身上的刺鼻气味是自己生前的最后一丝记忆——老实说，感觉并不怎么好。

但下一刻，博士的双脚重新回到了地上。巨掌掸去西装翻领上的灰尘，然后拍了拍博士又疼又肿的肩膀。"没有名字。"怪物摇着头重复了一遍，"呃，这是个问题。实际上，听上去还有点悲哀。好吧，一定是哪里搞错了。我真的很抱歉，误会一场，希望你不会怀恨在心。"

"当然不会。"博士勉强喘了一口气，"希望没给你添什么麻烦……"

"叫我凯文吧。"怪物说，"幸会，博士。"它发出一阵大笑，"没有名字的博士。"

"没那么好笑吧，凯文。"博士说。

怪物慢悠悠地退回去，渐渐隐去了实体形态——想必是回到了属于自己的地方。离开前，它欢快地挥挥手，"代我向你那位金发朋友问好。"博士呆呆地盯着它消失的地方，如释重负地摇了摇头，一脸难以置信、苦乐参半的表情。

罗丝打着滑冲进长廊，看到博士正揉着肩膀，好像在拥抱自己一样。"你那位道歉成瘾的朋友哪儿去了？"她问。

"谁？"他转过身来，一脸关切地说，"哦，你是说凯文？"

她直直地盯着博士，"它叫凯文？"

"没错，非常好的小伙儿，回去恶补图书了。"

"你是在开玩笑吧？"

"绝对没有。对了，它还向你问好呢。"

"多谢。"

博士咧开嘴笑了，罗丝明白他已经安然无恙。

"我觉得凯文真的很喜欢你。"博士说。

"一切线索又回到了哈姆雷克·格林特身上。"几分钟后,博士郑重其事地说。

"什么意思?"鲍勃问道。

大家聚集在鲍勃家的客厅里,其中三人——罗丝、吉姆和鲍勃——坐在椅子上,博士则兴奋地在屋子里来回踱步,时不时停下来端详一会儿照片、地图和牛奶壶。

"所有线索,"他将牛奶壶放回桌子上,"都指向麦卡维特入手的战利品。"

"赝品。"罗丝指出。

"与格林特有关的赝品。"博士补充道,"与此同时,黑色魅影出现了。"他猛地转过身,指着吉姆说:"告诉我,格林特曾把黑色魅影放到过敌人身上吗?"

"一直如此,"吉姆说,"他因此而闻名。别人一旦背叛了他,就会收到黑色魅影。"

"而且他们都被撕成了碎片,是吗?"

"嗯,没错。"吉姆说,仿佛这个答案显而易见。

"太棒了!好极了!哦,当然不是指那些受害者。"博士承认道,"那个叫作凯文的怪物就是黑色魅影,或者说,一个黑色魅影,它可能还有不少同类。"

"那它是怎么做到的?"罗丝好奇地问。

"我也不太清楚。它解释说纸片上的图案能通过某种办法将信息传递到暗影维度——也就是凯文的种族生活的地方。黑色魅影就像一份契约,使它必须听从主人的指令。"

"它的主人?"鲍勃摇着头说,"我有点跟不上你的思路了。那么,怎样才能成为那种生物的主人?"

"在这个维度的宇宙中,某件物品将两者连接在了一起。如果仆从——也就是怪物——没有遵守契约,那两者之间的连接将会遭到毁坏;另外……"博士突然停住脚步,打了个响指,"凯文还提到了无尽的痛苦和煎熬。对,也许就是这样。"

"什么意思?"吉姆提出了疑问。

"凯文可能并不喜欢待在暗影维度,只要一有机会,它就逃了出来。也许,它们种族的生理构造或者体内类似DNA的玩意儿能够帮助它们穿越不同的维度。"

"这么说,凯文就像阿拉丁神灯里的灯神一样?"罗丝说,"只要有人擦一下神灯,它就会凭空出现。不过,它必须服从指令,否则就会被塞回神灯,永远困在里面。"

"就是这样。"博士用手指轻叩牙齿,"说不定阿拉丁神灯的故事就出自这里,谁知道呢?"

"凯文其实并不喜欢干这种事,对吧?"罗丝恍然大悟,"怪不得它总是道歉,为自己必须杀人而感到抱歉,但又别无选择。"

"不过,它因为一件拿不准的小事放我走了。"博士附和道。

"所以,这些线索有什么用呢?"吉姆问。

博士快步走到挂着照片的墙边,"你们看照片边缘的这道阴影……"

"那是一个黑色魅影,对吗?"罗丝说。

"不止如此,我觉得它就是凯文——那个对格林特唯命是从、四处杀人的怪物,使得整颗星球陷入了恐慌之中。好吧,起码我很恐慌。"

"可是,"吉姆绞尽脑汁,想要理清思路,"那照你的说法,是不是有人拿到了连接两者的那件物品?"

"说得对。"

"那件物品曾经属于格林特?"

"没错。"

"而现在拥有那件物品的人掌握了召唤方法?"

"是的。"

"于是,那个人把怪物召唤出来,还命令它去杀人?"

"对。"

"可那个人是谁呢?"罗丝说,"他一定非常了解格林特,而且还拥有不少战利品。"话音刚落,博士、罗丝和吉姆全都将视线慢慢转到了同一个方向。

"不是我。"鲍勃说。

博士一脸严肃地走过去，倾身凑近鲍勃，直视着他的眼睛，"你随时都可能把黑色魅影放进我的口袋。"博士的声音变得低沉起来，"我叫什么名字？"

"什么？"

"我叫什么名字？！"博士怒吼道。

"我不知道！"鲍勃吼了回去，"我只知道你叫博士。你从来没有说过你的名字。"

博士咧嘴一笑，拍了拍鲍勃的肩膀，"这就对了！没错，我从未对你透露过。好吧，你的嫌疑被排除了。"

"所以，我们现在该怎么办？"一阵尴尬的沉默过去后，罗丝问道。

"嗯，不能光靠坐着闲聊来解决问题。"博士说着，一屁股坐进了扶手椅。

"那靠什么？"鲍勃说。

博士长长地吐出一口气，"我想，"他的语速慢了下来，"现在，我们最好……"他停下来，若有所思地咂了咂嘴。

"最好什么？"罗丝催促道。

"最好去格林特的飞船上找找线索。"

"可没人知道飞船在哪里。"吉姆指出。

"哦，没错。"博士说，"不过，找起来应该不难。"

"这计划听起来不太可行。"等博士说完后,鲍勃开口道,"况且,我可没钱租一艘飞船再雇上一群船员。"

"是吗?"博士惊讶地说,"你确定吗?"

"不然呢?"

"听着,不知道我理解得对不对,"罗丝说,"你是说可以通过引擎追踪到格林特的飞船?"

"差不多吧。"博士赞同地说,"每艘飞船的引擎都有独一无二的排放模式,轮机手称之为'引擎标记'。"

"只需借助一个或几个曾放置在格林特飞船上的老物件,就可以完成这一切?"

博士点点头,"没错。如我所说,每台引擎都有独特的标记。那些老物件上说不定残留了一丝痕迹,如果能够读取出来……"

"你就可以得到引擎标记,从而追踪到引擎的位置?"

"虽然整个计划包含非常多的'假设',"博士坦言,"但差不多就是这样。"

"什么假设?"

"比如,"鲍勃插话道,掰着手指头数了起来,"假设我们能找到真正的老物件,假设能够从中顺利得到引擎标记,假设这个标记真的属于格林特飞船上的引擎……除此之外,还得假设那台引擎时隔五十年仍处于排放模式,并且在我们的搜寻范围之内。"

"正是我想说的!"博士赞同道,露出了迷人的微笑,"我还要补充一条:假设我们能租到一艘飞船再雇上一群船员。"

"不如我们先将引擎标记搞到手?"罗丝说,"这样就有了谈判的筹码。"

"我们可以向大家许诺,一起瓜分格林特的宝藏!"吉姆说,"一定有不少船长愿意加入。"

"想法不错,"博士说,"但是……"

"现在又包含很多的'但是'了吗?"罗丝说,"我只是随口一问。"

"但是,"博士继续说,"我需要一些非常专业的读取设备。"

现在罗丝听懂了,"但是设备在电引域里不起作用,对吧?"

"对。为了实现这一切,我们还需要一大笔钱。"

"但是,我想不到哪个有钱人会对这个疯狂的计划感兴趣,并且愿意自掏腰包。"鲍勃斩钉截铁地说。他的发言熄灭了罗丝心中仅剩的一丝希望。

"我想到一个人。"吉姆兴奋地说,"你们可以问问德列尔·麦卡维特。他不仅家财万贯,而且一心想要得到格林特的宝藏。另外,他还拥有不少藏品。我敢肯定他会入伙的。"

"真的吗?"罗丝说。

博士露出了微笑,鲍勃则一副冷冰冰的、听天由命的样子。

罗丝从他们的反应判断出,这个男孩的想法很可能是对的。

吉姆声称自己知道一条近路,很快,他和博士还有罗丝走在了通往德列尔·麦卡维特家的车道上。当博士向两名警卫打招呼时,两人立即认出了他,一个警觉地守在门廊外,另一个则赶紧跑去向主人通报。

这么快又见到博士,麦卡维特似乎十分惊讶。更令他惊讶的是,博士把罗丝介绍给了他,并称她为"泰莱小姐"[1]。罗丝听到后,瞪了博士一眼。当然,他和吉姆早就认识了。麦卡维特领着他们走进了书房。

"画像中的那个女人是谁?"罗丝悄声说。

"你猜。"博士小声地回应道。

"哦,行吧。"

"有什么需要我帮忙的吗?"麦卡维特问道。

博士阐述了整个计划,麦卡维特先是保持怀疑的态度,然后越听越感兴趣。

"你觉得成功的可能性有多少?"等博士说完后,麦卡维特问道。

"想听实话吗?一半一半吧。"

---

1. 罗丝的姓氏是泰勒(Tyler),但被博士故意介绍成泰莱(Taylor)。后文中,他向罗丝做了详细解释。

麦卡维特点点头，嘴巴动了一下，仿佛在自言自语。然后，他大声地说："非常好。看来你不仅敢于冒险，而且还很务实。但是，你想去哪里搜寻呢？我猜，你应该不会白费力气寻遍半个星系吧？"

"当然不会。"博士倾身向前，"我确信格林特是往星落这个方向来的，目前还不能透露太多，他的飞船应该是受到电引域的影响而搁浅了。五十年前，电引域还没有被标记在星图上，所以他陷了进去。就这么简单。多年来，他一直栖身于数百艘故障船只的其中一艘上，应该就在边界区。"

"听上去不无道理。"麦卡维特慢条斯理地说，"说实话，成功的可能性极大。不过，如果没有找到引擎标记，实现整个计划无异于大海捞针。"他微微一笑，"不错，博士，我喜欢这个计划。"

"这么说，你愿意出钱了？"吉姆急切地问。

"只要你们答应我的几项条件。"

"什么条件？"罗丝问。

"首先，我不打算投入很多钱，资金仅供满足基本需求。"

"没问题。"博士说。

"其次，你们只能租一艘小型飞船，船员也只能雇最便宜的。重量向来是个大问题，因此，飞船必须又小又轻。"

"我同意。"博士说，"当然，我也得带上一些设备。"他朝罗丝笑了笑,"它们都安全地锁在一个大大的蓝盒子里。"

直到现在,罗丝才完全明白博士的计划。他或许真的可以通过标记追踪到引擎,但他真正打算做的是把塔迪斯带到电引域的边缘,让它重新恢复正常。他的主要目的不是寻找格林特的飞船——就算真的找到了,也不过是意外收获而已——而是得到一艘飞船。目前看来,这个目的已经达成了。

"另外,还有一项条件。"麦卡维特最后说,"我要跟你们一起去。"

回程的路上,吉姆蹦蹦跳跳地走在前面,罗丝则悄悄和博士聊起了麦卡维特。

"他真是个怪人,"罗丝说,"为什么总在自言自语?"

"他在跟他的妻子说话。"博士回答道,仿佛这个答案显而易见。

"他的妻子早就离开了。"罗丝摇着头说,"但他还在跟她说话。"

"就是这样。"

"他是疯了还是怎么了?"

"也许天上刮着西北风。[1]"

---

1. 博士引用了《哈姆雷特》中"天上刮着西北风,我才发疯"这句台词。

"我怎么记得这是一部老电影的名字[1]。"罗丝说,"话说回来,你真的能找到格林特的飞船吗?"

"我觉得能行,但不是用我之前说的那种方式。"

"那用什么?"

"用这个。"他举起一团黑色毛球,"我确实需要一个标记,除了在格林特的飞船上待过很长时间以外,还不能在其他飞船上出现过。"

"这到底是什么东西?"

"当凯文把我举过头顶的时候,我从它胳膊上拽下了一把毛发。"

"干得漂亮。"

"不管怎样,我敢肯定凯文在格林特的飞船上待过很长时间。我们可以先从毛发中获得标记,然后看它能不能跟其他战利品上的标记相匹配。一旦确认,我们就胜券在握了。"

"如果不匹配呢?"

"那我们就先饱餐一顿,然后跑进塔迪斯里溜之大吉。"

"不过,实现这一切的前提是,格林特的飞船真的滞留在边界区。"

"一定就在附近。凯文来去自如,只有距离够近才能做到这

---

[1] 上文博士提到了西北风(north by north-west),罗丝误以为他说的是希区柯克执导的电影《西北偏北》。

一点。我猜它的主人——不管那个人是谁——应该是把它从那艘飞船里召唤出来的。"

"所以,又多了不少'假设'和'但是'。"

"只多了一点点。"

"好吧。'泰莱小姐'又是怎么回事?"

"只是保险起见。很多人都知道你叫罗丝,但如果他们误以为你的全名是罗丝·泰莱,说不定就可以保你一命。"

"为什么?"

"因为凯文发现弄错了我的名字后,就把我放了。"

听上去很有道理,罗丝心想。"保险起见吗?但是,"她说,"凯文喜欢我。"

"希望它不会喜欢得想要杀了你。喂,吉姆!"博士喊住走在前面的小男孩,"你想去'破望远镜'喝杯饮料吗?钱就记在鲍勃的账上。"

"放松一下真不错,可以暂时忘记我们还有任务在身。"罗丝说。她试着喝了一小杯格罗格酒,结果惊喜地发现味道不错——不像普通啤酒,更像是姜汁啤酒。

"忙了一天了吧?"西尔弗·萨莉一边问,一边将博士的那杯酒递给了他。

"习惯了。"博士告诉她,"总是忙个没完。"

"我们要去寻找格林特的宝藏。"吉姆说。

"小声点。"罗丝提醒他。

萨莉哈哈大笑起来,"所有来这里的人都这么说。"水蒸气应景地从她的机械关节里冒了出来。

"不,我们不一样。"吉姆反驳道,"博士已经做好了一切准备。"

"嗯,不算太完备。"博士谦虚地承认道。

"而且还有很多的'假设'和'但是'。"罗丝补充道。她领会到博士的言外之意,明白他把大家带来酒馆不只是为了喝一杯,而是另有原因。"那么,我们到酒馆来的目的是什么?"

"这里的氛围令人愉快,"他说,"酒水也很可口,而且很高兴又见到了萨莉。除此之外,我们能在这里找到便宜的船员。"

萨莉盯着他,"你们是认真的?我的意思是,你们真的打算寻找格林特的宝藏吗?"

"哦,没错。"

"你们需要什么样的船员?"

"越便宜越好,能干活儿就行。我们不要偷鸡摸狗、图谋不轨和笨手笨脚的人。"

"我就有合适的人选。"萨莉说。

"真的吗?"博士两眼放光,"当然了,你一直在酒馆工作,一定认识不少人。"

"我可以提供便宜的船员和一个好厨子。"

博士眯起了眼睛。

"我猜,"罗丝说,"只不过有一项条件,对吧?"

"老实说,我有两项条件。"萨莉告诉他们,"船员得是机器人,毕竟它们才是物美价廉的最佳人选。"

"真巧啊。"博士低声说。

"而且不管我们找到什么,它们都不会狠敲一笔,或者把我们扔到太空中喂给饥肠辘辘的克拉鲨[1]。"

"我们?"博士疑惑地说。

"我就说吧。"罗丝说。

西尔弗·萨莉人类的半张脸上露出微笑,"把我从这个邋遢的地方带走吧。如我所说,你们需要一个好厨子。喂,我们一起去寻找宝藏吧!"

"我同意。"罗丝说,然后一口喝光了酒。

---

1. 本书作者杜撰的一种外星生物。

5

"这不公平!"吉姆生气地冲鲍勃大喊大叫,"是谁提议去找麦卡维特的?"他怒气冲冲地质问道,"是我!这是我的主意,我理应一起去。"

"我说了,你不能去。"鲍勃平静地小声说。

他的冷静反应反而让事态变得更糟糕了。"你总是什么都不让我做!"吉姆吼了回去,眼眶里噙满泪水,但又不想在罗丝和博士面前落泪,"甚至连去码头看看起飞和卸货都不行。现在你又……"他几乎啜泣起来。

"你不能去,这件事没有商量的余地。你太年轻了,完全没经验。"

"不去经历怎么可能获取经验呢?"

"我觉得这次不算获取经验的最佳机会。"博士说,语气跟鲍勃一样平静,也一样令吉姆厌烦。

"他们说得对。"罗丝温柔地说,一只胳膊搂住了吉姆的肩膀,但被他挣脱了,"这趟旅程会很危险。等我们找到之后……"

她顿了顿,好像发现自己说漏了嘴,"如果我们找到了格林特的飞船和宝藏,就马上发消息告诉你。这样可以吗?"

"下一趟旅程说不定就带上你了,"博士说,"一旦我们知道要去哪儿的话。下次吧。"

"我讨厌你们!"吉姆生气地说,"你们都讨厌极了。每个人都希望我一辈子待在星落上,哪儿也不能去,什么也不能做。我讨厌这个地方!既然你们不愿意带上我,那我就去找别人帮忙!"说完,他冲出了家门。

"他会没事的。"等吉姆离开后,鲍勃说,"等他自己生完闷气就好了。"

"我赞同你的观点。"博士说,"但我原以为你要带上他一起去。"

鲍勃哈哈大笑起来,"哦,我不去了。"他说,"要是你们找到了格林特的宝藏,告诉我一声就好。吉姆过于年轻,而我已经太老了,早就过了在边界区搜寻失落船只、躲避克拉鲨的年纪了。祝你们好运。"

"哎,"博士听上去真的很失望,"好吧,没事。"

"我还以为你会乐意加入呢。"罗丝说,"毕竟你对收藏格林特的战利品无比感兴趣。"

"最好让有些事成为传说吧。"鲍勃告诉她,"有时候,做白日梦比梦想成真更舒坦。如我所说,我已经过了追梦的年纪了。"

"如果我们找到了传说中的复活棺……"

鲍勃摇摇头,"我不太了解麦卡维特是如何看待死亡的,但我自己知道顺其自然就好。我即将走到人生的终点,而吉姆很快就会长大,可以自己照顾自己了。老实说,我完全是为了他而活着。一旦他不再需要我,我便会欣然退场。谁喜欢永生呢?"

"嗯,"博士说,"真知灼见。"

"代我们向吉姆告别,好吗?"罗丝说。

"我会的。你们也要遵守承诺,回来就把发生的一切告诉他。"

罗丝瞥了一眼博士,然后挤出笑容,"当然了。"她说,"我们会的。"

这艘飞船叫作"冒险"号,虽然比码头上的其他飞船都要小,但竖起来仍有一栋写字楼那么高。罗丝和博士抬头望去,飞船高高地耸立在码头边,不停地晃动着,凝结的水珠顺着油腻的船身滚落下来。

巨大的蒸汽起重机吊起塔迪斯,在博士的指挥下把它停在了上方的逃生舱里。博士为此还与驾驶员争论了一番。

"这艘飞船的大部分地方都过于低矮,"博士解释道,"真不忍心让塔迪斯这个可怜的老姑娘侧倒在甲板上。"

"是啊,真可怜。"罗丝讽刺地说。

"否则，"博士继续说，假装没有听见，"会大大增加你爬进爬出的难度。"

"多谢。既然备有两个逃生舱，是不是说明这艘飞船很安全？"

"相当安全。"博士说，"而且是双倍安全。"

这时，麦卡维特也到了，身后跟着一位身穿制服的大块头保镖。他带了一只小箱子和一只眼熟的大木箱——罗丝记得自己曾在他的书房里见过。他们一起看着码头工人把他的私人物品搬上飞船。

"那只大木箱里装了什么东西？"罗丝打趣道，"你的私人宝藏？"

"我极其珍视的东西。"他说，"对吧，亲爱的？"他悄悄补充了一句，刚好被罗丝听到了。

"是格林特的旧水手匣吗？"博士问。

"不，那是我自己的箱子，里面装了一些为旅行准备的零碎物品。"

"就像过去那样，人人都有一只水手匣，用来保管自己的杂物和食品。"博士说，"嚯嚯！"他的语气活脱脱像一个童话剧中的海盗。

"是啊。"麦卡维特小声地说，"就像过去那样。"罗丝不确定他到底在跟谁说话。

"该上船了,伙计们。"博士大声地说,"打起精神来!"他带头走向从船身伸出来的金属台阶。麦卡维特的保镖打了个手势,示意博士先走。

"哦,好的。"博士一边攀登台阶,一边对罗丝说,"我记得就在昨天,他还拖着装有赝品的蒸汽推车慢吞吞地走出了酒馆。"

"我信了。"她哈哈大笑起来。

罗丝从未有过这样的起飞体验。当地勤人员系紧安全带,把她牢牢绑在座椅上时,她还以为他们是在故意捉弄自己。其中一人为了把安全带系得更紧一些,甚至把一只脚踩在罗丝的椅背上来使劲。

罗丝被勒得喘不过气,但看到博士、麦卡维特和保镖也遭到了同等待遇,便不再抱怨了。她猜,在后舱里,西尔弗·萨莉和她带来的三个油乎乎的蒸汽机器人一定也受到了这般待遇。

舱门缓缓关闭完成了气封。与此同时,飞船的晃动幅度逐渐加剧,没过多久,整个船身都开始震颤起来。罗丝本想呼唤博士,但声音被嘶嘶声和巨大的轰鸣淹没了。因为飞船太晃了,她还咬到了自己的舌头。

伴随着地震般的剧烈晃动,她感觉整个人都被重重地压进了座椅里。她的身旁有一扇观察窗,但除了水蒸气以外什么也看不见。等雾气渐渐散开后,她瞥见下方的世界正在飞速坠落。

"为什么安全带要勒得这么紧?"她的牙齿不停地打战,连自己也听不清说话的声音。

当飞船穿过大气层时,罗丝明白了其中的原因。虽然压力只是发生了微弱的变化,但她立刻从紧贴椅背变成差点被甩出座椅。"哪儿还需要凯文动手?"她在喧嚣的噪声中抱怨道,感觉整个身体都要被撕碎了。

就在罗丝快要失去意识的时候,飞船的晃动幅度慢慢缓和下来,压力也减小了。罗丝心想,要是能活下来,她一定会把午饭全都吐出来。可如果她真的吐了,会不会弄脏整艘飞船?这个想法让她觉得更加不适,只好紧紧地闭上嘴巴。

这时,她感觉到了重力。

"既然用不了电力,他们又是怎么模拟出重力的?"等身体感觉好一些后,她开口询问博士。

"陀螺仪。"他立马对这个话题兴奋起来,"这办法聪明绝顶。他们在飞船底部装了巨型陀螺仪。难怪小型飞船也那么重,需要大量的蒸汽动力才能升空。当然,锅炉里的水也很沉。俗话说,无火不成烟,同理,无水不成汽。我以为他们会用一门巨大的加农炮送我们升空,但那样做又有什么意思呢?"他没等罗丝回应就继续说了下去,正好她也想不出要说什么,"你还记得七岁生日时收到的陀螺仪吗?或者是八岁生日?好吧,无所谓。总之,当陀螺仪高速旋转起来的时候,它能在埃菲尔铁塔的塔尖保持平衡。同样的原理,整艘飞船如同陀螺仪的外环,而我们则位于其中心。过去我时常纳闷,为什么人们总是用埃菲尔铁塔打比方,现在我懂了。"

"哦?"罗丝说。在博士继续他的长篇大论之前,她只来得及插这一句话。

"你想,如果用比萨斜塔打比方,孩子们就容易搞错重点。他们只会努力把塔扶正,而根本意识不到比萨斜塔就是这么建造的。"

"真想不到!"罗丝说,"所以,我们这趟旅程还要花多久呢?"

博士耸耸肩,"快了。"他检查了一番自己的指甲,"可能只要一两个星期。"然后,他把耳朵堵了起来。

三个机器人负责驾驶这艘飞船,西尔弗·萨莉像介绍老朋友一样把它们介绍给了罗丝。尽管都是蒸汽机器人,但它们的工作各不相同。跟萨莉的半边机械身体一样,它们的金属身体也不停地冒着水蒸气。

三个机器人虽然不会说话,但能够进行简单的交流——喷出一股水汽表示"是",喷出两股则表示"不是"。不过,一旦你的问题过于复杂,对话就会变成一场冗长的游戏,就像由乔治·史蒂芬森[1]主持的《猜猜二十问》[2]一样。

罗丝第一个见到的是肯尼。当时，萨莉正在狭小的厨房里炒菜，罗丝本想帮忙，结果却频频碍事。肯尼是三个机器人中最高的，也是最瘦的。它的身体由暗淡的金属片铆接而成，圆圆的脑袋立在纤细的脖子上，看上去岌岌可危。它移动时，水蒸气会从关节里喷出来，并发出嘶嘶声。它的脸上只有粗略的五官，眼睛是两个黑洞，鼻子并不存在，嘴巴的位置覆盖着长方形的网格。萨莉介绍说，肯尼负责飞船的日常维护工作。

"比如维护管道设施？"罗丝问。她当时只是开个玩笑，结果后来发现自己不小心道出了事实——肯尼的大部分工作的确是维护管道。

"管道长度超过了七英里，"萨莉告诉她，"这还只是一艘小型飞船。水要先从中心储水器流入四个锅炉，产生的水蒸气将在整个管道设施中进行输送。想象一下，一旦管道爆裂会造成多大的混乱。"

"这种情况经常发生吗？"罗丝问。

肯尼喷出了一股水汽。

"要知道，太空中非常寒冷。"萨莉说，"如果不定时疏通，

---

1. 乔治·史蒂芬森（1781—1848），英国工程师，1814年研制出了世界上第一辆蒸汽机车，被誉为"铁路之父"。
2. 《猜猜二十问》是一款口头猜谜类游戏，玩家通过询问是非题来猜出答案。

管道会结冰开裂。除了管道设施以外,肯尼还要负责维护整艘飞船的船壳。毕竟,船壳不过是由大大小小的金属片铆接锤锻而成,一道极其细微的裂缝都可能造成氧气泄漏,说不定飞船会因为释压而解体。"

"细节决定成败。"罗丝说,"多谢讲解,我明白了。继续努力工作吧,肯尼。"

肯尼回去继续工作了,很快,厨房里又冒出一个人形机器人——金。它的体格略小,但光芒四射,似乎浑身上下都镶满了金属小圆片。尽管支撑身体的下肢和树桩一样宽,但它仍保持着优雅的姿态。它回答问题的时候喜欢喷出两股水汽,仿佛在说"嗯哼"。

萨莉介绍说,金负责导航和驾驶工作,是飞船真正的指挥者。除非需要校准航线或改变速度,否则飞船将一直沿直线航行。所以,金似乎拥有大把的闲暇时间。和另外两个机器人一样,它显然同萨莉相识已久,愿意陪伴在她左右。

罗丝最后见到的是乔纳西。因为它负责烧锅炉,所以萨莉带罗丝下到引擎舱才见到了它。乔纳西时刻都要给锅炉添水,保证水一直处在沸腾状态,从而提供源源不断的水蒸气。这份工作二十四小时都不得休息,不过,萨莉说肯尼和金有空也会过来搭把手。

不知道是因为工作环境太差,还是因为没组装好,乔纳西浑身布满油污，看起来脏兮兮的。那张塑料材质的脸上全是污垢，就像打扫过烟囱一样。它身上的每处关节都在往外渗出深色液体，还会咯吱作响，好像随时都可能出现故障或者直接散架。

当罗丝和萨莉返回厨房时，飞船突然剧烈地晃动起来，一阵金属撞击声从楼下传来。罗丝紧紧抓住护栏，以免被甩到地上。萨莉依靠机械身体保持平衡，身上的微小引擎呼哧呼哧地响着，关节里冒出一股股水蒸气。

"怎么回事？！"罗丝发出惊呼。

"不知道。没有释压的迹象，或许是飞船发生了碰撞。"

"我们撞上什么了吗？"

她们小心翼翼地走上楼梯。"或者是被什么给撞了。"萨莉说，"走吧，我们去一探究竟。"

楼梯顶部有扇观察窗，厚实的圆形玻璃镶嵌在船体的金属外壳中。透过观察窗向外望去，只能看到一片漆黑的太空。当飞船排出水蒸气后，窗外又变得一片朦胧，就像飞入了云层一样。

"我什么也看不见。"罗丝说。

紧接着，她张皇失措地叫出声，不由地后退了一步。一道巨大的黑影张着血盆大口撞了过来，满口尖牙磕在玻璃上，飞溅的唾液模糊了窗户。

"那是什么东西？"罗丝问。此刻，那个生物已经渐渐后退，可她还是不敢移开目光。窗外的黑影缓慢而优雅地转过身,灵巧地扭动着如同鱼一般的流线型身体。

"一只克拉鲨。"萨莉说,"坚硬的船壳足以把它挡在外面。它好像把你当成午餐了。"

果不其然,那家伙又撞了上来。尽管隔着一层厚实的玻璃,罗丝还是瑟缩了一下。克拉鲨形似鲨鱼,但没有背鳍,尾巴锋利而尖锐。它的身体两侧长有许多小孔,像嘴巴一样一张一合的。

萨莉向她解释道:"克拉鲨可以在体内贮存大量的富氧气体。它们从飞船或者行星及卫星的大气上层摄入这些气体,然后将其压缩,从而做到自给自足,几个月都无须摄入新鲜气体。在巨大的压力下,克拉鲨利用小孔排出少量气体来游动。"

"它们的动作是不是很迅速?"罗丝说。这时,这只克拉鲨已经掉好头,准备再次发动进攻。

"它们能以迅雷不及掩耳的速度把你撕成碎片,从你的肺部或者飞船内的水蒸气中摄取氧气。它们对各种气体来者不拒,就算不能用来呼吸,也会派上用场。"

"这艘飞船的工作原理也是如此。"罗丝恍然大悟。

"没错。别担心,它很快就会厌倦,然后游去别处寻找更易得手的猎物了。"

"它进不来吧?"等到达厨房后,罗丝惊魂未定地说。

"当然进不来。"萨莉打消了她的顾虑,"只要所有金属板都牢靠地焊接起来，就没什么大碍。偶尔会听说某艘不走运的飞船因为没有事先检查，结果被一群克拉鲨撕成了碎片。"

"维护船壳是肯尼的工作，对吧？希望它尽职尽责。"

"它的工作能力是最强的。"萨莉说。

"看来你们认识很久了？"

萨莉耸了耸肩，机械关节里喷出一股水汽，"嗯，我和它们三个都认识很久了。"

"可是，我之前没在星落上看到它们。"罗丝说。

"你想说什么？"

罗丝耸耸肩，"我只是随口一说。"

"这些蒸汽机器人往往从事的是更加危险、复杂的工作，比如在码头上或者矿井下干活儿。另外，它们的工作效率并不高，因为身体需要不断地加水。"

"那它们有时间休息吗？"罗丝好奇道，"比如去喝上几杯？"

"有的。尽管外表都是笨重的金属板，但它们的个性各不相同。所以，它们在休息时间也会偶尔去社交一下。虽然在工时和薪水方面仍然存在纠纷，但程序设定让它们相信自己的主人会做出最好的安排。有些机器人还希望能在飞船上工作。"

"你似乎对飞船颇有研究。"罗丝指出。

萨莉人类的半张脸皱起了眉头，"你这话是什么意思？！"

"抱歉，没别的意思，只是觉你比我知道得多很多。"

那半张脸又露出了微笑,"不好意思,我也不是故意要吼你的。别人都以为我一直在'破望远镜'工作,但并非如此。我比看上去更老一些,也曾在飞船上待过一阵子。"

罗丝点点头,"你应该很怀念那段时光吧。"她说,"所以你很乐意重返飞船?"

"没有比这更棒的事了。"萨莉说,"我觉得自己就是为飞船而生的。"

这种说法很奇怪,罗丝以为萨莉是在自嘲。"吉姆也是这么想的。"她打趣道,"不能上船让他失望透了。"

"是的。"萨莉说。

经过这么多天的相处,罗丝越来越喜欢萨莉,也很欣赏她乐观的心态。尽管失去了半边人类身体,还得频繁地打开机械身体并往里面加水,但她仍然能够积极应对。

罗丝从未问过萨莉的事情,后者也没主动提起过。大概是一场意外吧,罗丝心想。不管遭遇了什么,这个女孩已经通过了人生的考验。另外,罗丝为自己心生同情而感到愧疚。萨莉肯定不需要别人的同情,只想像普通人一样受到平等对待。

"好了,"萨莉说,"我要去准备点吃的。"

"需要我帮忙吗?"

"不用,谢了。厨房有点挤,我觉得一个人就能搞定。咱们晚点再见怎么样?"

离开西尔弗·萨莉之后，罗丝大多数时间都待在主生活舱里。博士和德列尔·麦卡维特在金属舱壁上贴满了地图和星图。每隔一段时间，金会用红线标注最新的进展。飞船正慢慢向边界区推进。

麦卡维特的保镖被迫成了勤杂工，一会儿从厨房端来萨莉为大家准备的食物，一会儿向金索要最新的进展。数据更新得越来越慢，他也催得越来越频繁。在仅有的几次交流中，罗丝得知他的名字叫达格。

"等写出畅销小说，我就不干这活儿了。"他告诉罗丝。

"你开始动笔了吗？"罗丝问，"讲的什么内容？"

达格打算写一部浪漫喜剧题材的小说。他谈到了自己的写作计划，并表示需要找到一家代理机构和对小说感兴趣的出版商。罗丝注意到，他的贴身口袋里装了一个小小的笔记本，他时不时地会记上几笔。

罗丝每天都会陪着博士一起去看塔迪斯。每次，博士都会拿出塔迪斯的钥匙——平平无奇、不会发光——然后把它插进锁孔。可是，什么都不会发生，门根本无法打开。每次，博士都会叹口气，小声地说："哎，说不定明天就能打开了。明天又是崭新的一天，我爱明天！"

罗丝原以为最多重复四天，博士就会厌倦这件事。没想到，他在第三天就无奈地接受了现实。"行吧,就这样吧。我要去解决这个问题。"他挺直后背,晃了晃脑袋,好像在放松僵硬的脖子。接着,他朝引擎舱走了过去。

"你要去干吗?"罗丝匆匆跟上他。

他脱下西装,卷起袖子,"我要好好修理一下这台效率低下、运转缓慢、浪费能源、一无是处的垃圾引擎,好让我们在一天之内到达目的地,而不用耗上一个星期。你注意到飞船是怎样输送水蒸气的吗?既没有像样的压缩机,也没有办法冷凝,唯一的离心式调速器[1]还像方舟一样老旧——我指的是诺亚方舟。至于给锅炉添水……"

"行吧。"罗丝任由博士一个人大步走向远方,"给它们点颜色看看。"

实际上,博士花了不止一天时间重新校准离心式调速器并提升引擎。两天之后,塔迪斯的大门终于打开了。尽管主照明灯不再一个劲儿地乱闪,但系统仍处于停滞状态。博士在控制台边一阵忙活。

"我们可以离开了吗?"罗丝问。

"我不建议这样做。我们可能会在塔迪斯隐形的过程中被撕

---

[1]. 一种带有反馈系统的特殊调速器。

成碎片,然后散播到时空的各个角落。"

"听上去真可怕。"

"这只是最坏的情况。不过,随着电引域的影响越来越弱,塔迪斯的功能正在逐一恢复。说不定明天就可以离开了。"他咧开嘴笑了,脸在晦暗的光线下有些吓人,"我们可以开始搜寻行踪不定的格林特了。"他晃了晃那团毛球,"我们先从麦卡维特那里拿到几件藏品,然后把寻宝图画出来。"

"完美的计划。先找到宝藏,再乘着塔迪斯溜之大吉。好在它不再奄奄一息了。"

"塔迪斯绝不会死,"当他们离开逃生舱时,博士纠正道,"只会慢慢消失。"

"这样一来,寻找标记之类的事情不就没意思了吗?"罗丝产生了疑惑。

"没意思?"他顿了顿,思考着这个问题,"不如说是非常无聊啊。"他搓着手决定道,"我很期待接下来的旅程。"

"我也是。"罗丝说,"不如你先解决手头上的问题,然后我们待会儿见?"

罗丝打算跑去告诉萨莉这个好消息。如果得知他们有望找到格林特的飞船,这个女孩一定很激动。她很喜欢和萨莉做朋友,相信对方也是如此。

然而,真相令她猝不及防。

厨房隔壁是一间小餐厅。由于大家都在主生活舱里用餐，萨莉便把餐厅改造成了储物间。橱柜里堆满了真空包装的食物和饮料。

罗丝到达的时候，正好看到金穿过餐厅，走进了厨房。她本打算跟机器人打个招呼，但对方似乎没有看到她。就在这时，她听到了萨莉的声音。

"哦，是你啊。"萨莉说，语气听上去比平时粗鲁，"谢天谢地，我还以为又是那个愚蠢的女孩。有时候，我觉得她就像跟屁虫一样，愚蠢的白痴。"

罗丝停下迈出了一半的步子，愣了好一会儿。她琢磨着萨莉说的是谁，然后突然感到浑身冰冷、口干舌燥。

"其他人都在哪儿？"萨莉问，"引擎提升后，麦卡维特觉得博士的设备很快就可以恢复运转了。"

罗丝踮着脚尖向厨房门口走去，心中仍抱有一线希望。她宁愿相信是自己听错了，或者误会了萨莉的意思。

金背对门口站在原地。罗丝看不到这个机器人脸上的表情，但听到了它的声音——这是她第一次听到它说话。

"我的声音回来了。"它的声音带着一种刺耳的刮擦声。

"我感觉得到，我们快到电引域的边缘了。"萨莉回应道，"埃尔维斯，很快我们就可以恢复正常了。老天，我可太讨厌这张脸了。"她低吼道,"我照镜子的时候,总能看到'破望远镜'的那个蠢女孩在盯着我。"

"它们马上就到。"金说。罗丝心想,为什么萨莉要叫它"猫王"呢?[1]

突然,罗丝听到身后传来一阵嘶嘶声。很快,其他机器人就会走近餐厅,发现她躲在门口。届时,场面会变得非常尴尬。

听完金接下来说的话,罗丝觉得不仅仅是尴尬而已。"人员马上就到齐了,萨尔沃。"

她听到从远处传来的金属质感的脚步声。

她看到厨房里的机器人正朝着这边转过身来。

她回忆起博士介绍格林特的机器人船员时的声音,每个细节、语调和神情都历历在目:**萨尔沃 7-50——它是这伙儿海盗中最凶残暴虐的一个。**

---

[1]. 上文萨莉指的是格林特的机器人船员埃尔维斯,罗丝误当成了"猫王"埃尔维斯·普雷斯利。

6

没多少时间留给罗丝了,她必须立马找地方躲起来。餐厅里空荡荡的,除了一张靠着舱壁的桌子外,就只剩椅子和橱柜。桌子底下没什么安全感,几只橱柜看起来也不大,但没别的地方可躲了。嘶嘶声越来越近,她的时间不多了。

第一只橱柜塞满了锅碗瓢盆,里面的空间很小,就算是空的也塞不下她;旁边的橱柜虽然没大多少,但里面基本上没什么东西。罗丝一头钻进去,竭尽全力避开一旁堆得高高的盘子和杯子,努力关上了柜门。她小心翼翼地伸出脚向四周摸索,触到了某个柔软而有分量的东西,可能是一叠桌布或毛巾。

罗丝所处的空间十分狭小,她努力调整角度,透过窄窄的门缝往外窥探。她只能观察到房间的一角,恰好看到西尔弗·萨莉和金从厨房走了进来。她蜷缩着一动不动,害怕得连大气都不敢出。罗丝如释重负地想,真是千钧一发啊。

"埃尔维斯的声音正在逐渐恢复。"萨莉说。透过不怎么严实的柜门,罗丝听得一清二楚。

"大家的声音差不多都恢复了。"另一个刺耳的声音说。

"没错,史密瑟斯。"萨莉回应道,"加农,你很快也会恢复正常的。我们即将到达电引域的边缘,我感觉力量开始回到身上了,真舒服。"

"你的脸还能恢复吗?"金哑着嗓子说。

罗丝吃惊地想,那怎么可能?

"很可惜,还不能。"萨莉说,"不过,在过去这一年,我已经习惯了。我得承认,用人类的器官来修复身体太痛苦了,你能想象将血液送到全身需要消耗多少体力吗?"

罗丝听完这番话,吞了一口唾沫,闭上了眼睛。

"真是可怕的构造。"萨莉接着说,"你知道吗?这副人类身体和机械身体能一同工作真是奇迹。等一切结束后,我得好好修复一番。过去格林特常说,他会在睡梦中看到被自己杀死的那些人。对我来说,每晚我都能看到那个女孩。"

"杀人劫掠。"金带着冷冰冰的腔调愉快地说。

在漆黑的橱柜里,罗丝一想到萨莉刚才那番话,就感到恶心作呕。通过杀人攫取人类的身体,然后用来修复自己的机械身体,那得有多恶心?她不禁想,真正的萨莉应该是什么样子?她本该过着怎样的人生?又有什么抱负和梦想?

萨莉——机器人萨尔沃7-50——再次开口了:"希望我们在星落上度过的日日夜夜都是值得的。"

"战利品出现了。"那个叫史密瑟斯的机器人说。

"没错。一旦格林特的战利品开始出现,我们就得有所行动了。这意味着有人找到了他的宝藏,或者一部分宝藏。我想,那些宝藏是我们应得的。要是博士他们真的找到了格林特的飞船,那我们就夺走宝藏,杀了所有人,然后重操旧业。"

"指日可待。"史密瑟斯赞同地说,"我们的力量重新回来了,系统很快也会恢复正常。到那时,我们就不再需要蒸汽动力了。"

"说得对。真希望可以尽快摆脱这副笨重的躯体和过时的动力。"

罗丝感到不寒而栗。蒸汽动力只是这帮机器人受电引域影响而采用的替代能源,谁知道它们的真正实力有多强大和可怕?她下意识地动了一下,结果一脚蹬到了那个柔软的东西。

那个东西动了动,随着砰的一声,几件物品倒了下来。

餐厅里瞬间安静下来。

"什么声音?"片刻后,史密瑟斯问道。

"不知道……莫非?"

透过门缝,罗丝看到萨莉朝橱柜走了过来。她在柜门前停住脚步,往里面张望起来,似乎将目光落到了罗丝身上。

"我们的朋友躲在里面。"萨莉说。然后,她推开了柜门。

"我可以向你保证,这就是格林特的战利品。"麦卡维特告诉博士，又自言自语道，"对吧，亲爱的？"他取下脖子上的项链，上面挂着一枚大奖章。麦卡维特犹豫片刻后，把它递给了博士。

大奖章看起来平平无奇，上面既没有花纹，也没有署名，只是由黄金制成，擦得亮闪闪的。沉甸甸的大奖章躺在博士的手掌里，大小正好契合。

"你为什么这么肯定？"博士问道。

"别问为什么，我就是知道。"麦卡维特说，无法将目光从大奖章上挪开。

"好吧，你说什么就是什么。不过，恕我直言，我可听说你买入了不少破铜烂铁，却把它们当成真品收藏起来。无意冒犯。"

达格眯起了眼睛，只等他的主人一声令下。

然而，麦卡维特只是微微一笑，"它是真品。"他压低声音，近乎耳语般嘟哝道，"是吧，亲爱的拉里莎？"

博士也笑着回应道："好吧，那我们就有两件真品了。"他从口袋里掏出那团毛球，挨着大奖章放在了桌子上，"别问它是怎么来的。"他头也不抬地说，"现在，如果我们从这两件物品上获得了相同的标记，那就说明它们都是真的。"

"要是不同呢？"

"那我们就要从中选出一个，然后进行扫描。"

"需要多久才能知道结果？"

博士拿出音速起子，试探着按下开关，满意地看到起子顶端发出了淡蓝色的光芒。他露出大大的笑容,"只要一分钟。"

"人类真是有趣,"萨莉说,"即使失去了意识,身体也会做出本能反应。等时机一到,我们拿下这艘飞船将不费吹灰之力。"

"可惜其他伙伴看不到了。"史密瑟斯说,发出了刺耳的金属摩擦声。

"是啊,达斯提、斯塔布斯和奥克托都不在了。"萨莉悲伤地说,重新关上了柜门,"好在整个过程很短暂,它们没受多少苦。谢天谢地,那是一台粉碎机而不是熔炉。要是我们当时没有逃脱,埃尔维斯,下一个就轮到你了。"

"不想再见到粉碎机了。"埃尔维斯说。

"那我们把他们烧了吧,"史密瑟斯提议道,"给飞船供能。"

"这点子不错。"萨莉表示赞同,"不过,在'冒险'号停下来之前,我们得按兵不动,一切照旧。你们三个仍然是尽职尽责的机器人船员,而不是杀人的凶残海盗,明白了吗?好了,都回到各自岗位上去吧,时机一到我就通知你们。胜利指日可待。"

"指日可待。"埃尔维斯重复道。罗丝似乎觉得它的声音变得更加清晰了,少了一些刺耳,多了一份自信和坚定。

罗丝确认机器人已经离开后,才小心翼翼地从橱柜里爬了出来。刚才,就在萨莉打开柜门的一瞬间,她差点叫出声,心脏怦怦直跳。柜门向里推开,恰好挡住了罗丝的身体,萨莉看到的是那个柔软而有分量的东西。罗丝一直屏住呼吸,竭力不发出一点声音,直到萨莉重新把门关上。

她紧张地握住把手,像萨莉刚才那样推开了柜门,眼前的东西令她惶恐不已:一个失去意识的人一动不动地蜷缩在里面,正是吉姆。她倒吸了一大口冷气。

厨房里传来一阵响动。罗丝想起萨莉最后说的那番话,这才意识到她还待在这里并未走开。她一边拿抹布擦手,一边走进餐厅,半边脸上仍挂着熟悉的笑容。不过现在,罗丝看出那只偷来的人类眼睛里并没有笑意。

"你好啊,"萨莉说,"我没注意到你来了。"

罗丝后退了一步,"我……我只是恰巧路过,来看看晚餐好了没。"

"好吧。"萨莉说,目光扫过罗丝身后的那排橱柜。罗丝突然意识到,柜门还开着,心猛地往下一沉。萨莉的微笑瞬间变成了皱眉。

"呃,回见。"罗丝说。此刻,她唯一能做的就是克制住想要逃跑的冲动。她一边快步走出房间,一边时刻担心会有一只金属手按住自己的肩膀。

最终,罗丝还是跑了起来。她不忍心把吉姆一个人丢在那里,可除了赶紧离开以外,她什么也做不了。要是此刻掉头回去,萨莉一定会要了她的命——她已经从那只眼睛中看到了杀意。

不过，吉姆应该还活着，因为萨莉刚才告诉其他机器人他做出了无意识的本能反应。可是，吉姆为什么会出现在飞船上？

然后，她想起吉姆走之前说的那句话，猜测他应该是去找他的朋友——或者说，他自以为的朋友——西尔弗·萨莉帮忙了。他要么被下了药，要么被打晕了，然后五花大绑塞进了橱柜里。他从飞船升空开始就困在这个狭小的空间里，忍受着痛苦和煎熬。

她一边跑，一边抹掉划过面颊的泪水，冲进了主生活舱。博士和麦卡维特正仔细检查着摊在桌子上的图表，达格则用一把锋利的大刀搓着指甲。

"啊，罗丝，"博士抬起头说，"是好消息吗？"他看到她正努力调整呼吸，急于开口说话，"无关紧要的消息？"他试探地说，最后无可奈何地点点头，"好吧，看来是坏消息。"

"对，是坏消息。"她肯定了博士的猜测，上气不接下气地说，"那些机器人全是格林特的船员，而萨莉则是那个萨尔沃……多少号来着？"

"7-50。"麦卡维特说，"你确定吗？"

"当然！我偷听了它们的全部对话，萨莉可能已经发现了。对了，它们还抓住了吉姆。"

"吉姆？他来干什么？"博士突然摇了摇头，大手一挥，"算了，我不感兴趣，猜都能猜到。这孩子的做法太欠考虑了！"

"而且也很危险。"罗丝一针见血地指出。

"达格。"麦卡维特小声地说。大块头保镖把手中的刀收起来,插进身后的皮套口袋,又从另一个口袋里掏出一把自动手枪。

"是哪些机器人?"博士问。

"什么?"罗丝说。

"除了萨尔沃7-50,另外三个分别是谁?"

"这很重要吗?"

"不可能是奥克托,"麦卡维特说,"飞船上没有八条胳膊的机器人。"

"它们进行了伪装。"罗丝指出,"改造成了蒸汽机器人。"

"伪装了也是八条胳膊。"博士说,"那么,我们来推理一下,金一定就是埃尔维斯。"他肯定地说,"说得通。"

"为什么?"罗丝说。

"除了萨尔沃,我们还需要留意加农-K。"麦卡维特又开始自言自语了,"是吧,亲爱的?"

"得了,你就纵情享受发疯的时光吧。"罗丝嘟哝道,"是的,有一个确实是叫加农。如果金是埃尔维斯,那乔纳西就是史密瑟斯,因为……好吧,没有原因。"

"因为机器人太缺乏想象力了。"博士说着转向达格,"收好你的枪,然后把舱门堵上。"

达格望向麦卡维特,后者点了点头。"加农-K是战斗机器人,枪对它来说构不成任何威胁。"

"也别吓到其他机器人。"博士说,"我习惯去看好的一面。"

"还有好的一面?"罗丝一边问,一边帮达格和博士把桌子推过去,堵住了舱门,"比如我们和一群喜欢杀人的机器人海盗困在同一艘飞船上?"

"不,不是这方面。"

"那就是我们困在只有一个出口的房间里,还把出口堵死了,只能坐以待毙?"

博士开始往桌子上堆椅子,"也不是这方面。"

"或许是它们把一个小孩当作人质?"

"别提这一茬,不是。"

"那是哪方面?"罗丝无奈地问,"我们还有什么优势,哪怕只有一点点也好?"

博士回头望着她,一脸受伤的表情,"你们还有我。"他露出一个灿烂的微笑。

"哦,"罗丝松了口气,"是啊。"她也冲他咧嘴一笑。可就在听到敲门声的瞬间,她脸上的微笑僵住了。

"你们不吃晚餐了吗?"萨莉在门外喊道。

"我们还不饿。"博士大声回应道,"反正吃了也可能会噎死,对吧?"

罗丝听到了她的笑声。换作以前,她还觉得语气真诚,令人愉悦,现在只觉得虚伪做作,毫无人性。

"好吧，"萨莉喊道，"今天的菜单很丰富呢。"

"让我猜猜，"博士回应道，"开胃菜是'放你们进来'，前菜是'把我们全杀了'或者'拿吉姆要挟我们'。等加农-K恢复得差不多了，它可能索性把舱门炸开，让'你们杀光所有人'作为餐后甜点。不过，我觉得都算不上是甜点。"

"当然不算。"门外传来回应，"谋杀是本周的招牌菜，我们对此很拿手。"

"可是，对于不想死的顾客，你们可以提供其他选择吗？"罗丝大喊道，"比如素食或和平主义菜单？"

"在追踪到引擎标记、找到格林特的飞船之前，你们不能杀了我们！"博士喊道，"而且要等飞船行驶到电引域之外。"

短暂的停顿过后，萨莉回应道："让你说对了。不过，你们早晚免不了一死。要是不去'海盗'号，你们只会死得更快更惨。我只给你们几分钟的时间做决定，否则吉姆就要感受一下牛排餐刀的锋利了。我说到做到。"

博士在房间里来回打转，捏着鼻梁思考起来，然后猛地转过了身。"黑板。"他的嘴里念念有词，"总会有块写着备选菜单的黑板。往往在点好菜之后，你才看到黑板上写着自己喜欢的菜品。"他停下脚步，张开双臂，"告诉我，黑板上写了什么？"

"大概是生的克拉鲨。"罗丝告诉他。

"他总是像这样吗？"麦卡维特很是好奇。

"差不多吧。"罗丝承认道,然后小声地补充了一句,"你也好不到哪儿去。"她看到达格在本子上飞快地做着笔记,暗自嘲讽道:"真棒,帮上大忙了!"

"如果离得足够近……"麦卡维特深思熟虑地说,"它们身上有口袋吗?"

"什么?"罗丝对达格说,"他也总是像这样吗?"

达格立刻收起笔记本,皱起了眉头,"我没注意到。"

"克拉鲨!"博士站在房间另一头冲他们喊道。他把舱壁上的地图撕了下来,指着裸露的金属板说,"达格,帮个忙好吗?我想把这块金属板拆下来。"

"为什么?"麦卡维特和罗丝异口同声地问。

"因为有克拉鲨的存在。罗丝,你真聪明!你自己知道吗?你一定知道,因为我一直都这样告诉你。"他们把金属板拆下来,露出了里面密密麻麻的管道,"一定有流量调节器或者压力开关之类的东西。"

"你是想关闭引擎吗?"罗丝建议道,"比如,威胁它们毁掉整艘飞船?"

博士回过头,一脸同情地盯着她,"罗丝,我说的是调节中央供暖那种简单操作,而不是你说的那种危险行为。"

"什么……"

她还没把话说完,就看到博士的上半身已经探了进去。"情况不妙。"含糊的声音从里面传出。

"遇到麻烦了?"罗丝问。

博士退了出来,"管道需要升温,从而让水沸腾起来。我得钻进去一直按着音速起子才行,万一把头卡在里面,很难不被萨莉注意到。你有打火机吗?"

"没有,抱歉。"罗丝说。

"可燃物可以吗?"麦卡维特提议道,"比如纸片?"

罗丝看到达格不动声色地藏起了笔记本。博士摇摇头,"我需要一个稳定持续的热源。"

她学着达格将双手插进口袋,"比如……"她环顾四周,搜寻着能用得上的东西,但一无所获,"比如……"她突然摸到了口袋里的东西,"这个!"

"棒极了!"博士一把抓过她手中的火柴,再次钻进了舱壁上的大洞,"我可以用音速起子点燃火柴。"他说,"干得漂亮,罗丝。"

"火柴烧不了多久的。"麦卡维特好心地指出。

"它会让你大吃一惊的。"罗丝对他说,"这是一根'永不熄灭的火柴',米基泡吧的时候就希望有这样的火柴。"

麦卡维特还没来得及问那是什么意思,就听见萨莉的声音从门外传来:"时间到了!"

"告诉她,我们马上开门。"博士含糊的声音从洞里传了出来，"移开门口的障碍物吧。"

"你确定吗?"麦卡维特说。

"照我说的做就行了。"

"由他去吧。"罗丝提高音量,向门外喊道,"好,我们会让你们进来,但别伤害吉姆!"

"你真贴心。"萨莉说,"但动作最好搞快点。"

"博士可能设下了陷阱,比如,等它们进来后就用滚烫的水蒸气或沸水呲上去。"罗丝一边解释,一边帮他们挪开桌椅。

"不,我没有。"博士说着,帮他们把桌子拉开。

在拆下来的金属板的位置,一张星图遮住了黝黑的大洞。

舱门打开了,三个机器人站在门口,算上萨莉就是四个。乔纳西——也就是史密瑟斯——把失去意识的吉姆夹在了胳膊下。

"如果你们伤害了他——"博士开口道,声音低沉。

萨莉打断了他的话:"即便如此,你们什么也做不了。不过,我们没有伤害他,他只是失去意识罢了。既然你们都在这里,那事情就好办了。"

达格接过男孩,把他安置在房间里。其他几个机器人急不可耐地向他们逼近。

这时,一阵噪音响起,似乎是从飞船内部传出来的。起初只是微弱的敲击声,后来声音越来越响,频率也越来越快,很快就变成了巨大的撞击声,像是有人拿着锤子使劲敲击金属鼓一样。

"什么声音?"麦卡维特捂住耳朵,用盖过撞击声的音量大喊道。

几个机器人面面相觑,一脸茫然。罗丝觉得声音有些耳熟,当老妈公寓用的锅炉罢工时,中央供暖系统就会发出这样的噪音。她瞥了博士一眼,后者会意地眨了眨眼。

"克拉鲨!"他大叫道,"天哪,飞船外部的某根管道破裂了,一定是克拉鲨干的。它们撞上管道,想把它咬坏。"突然,他流露出同情的神色,"哦,你们已经尽力了,"他对几个机器人说,"尽职尽责地逼迫我们去找格林特的飞船和宝藏。然而,凶猛的克拉鲨正琢磨着把飞船撕碎。一旦船壳泄漏空气,我们都会没命的。我猜,为了获取更多的氧气,它们会把你们开膛剖肚,这听起来可不妙啊。"他倒吸一口冷气,牙齿打战地说,"祝你们好运。"

高个子机器人——也就是加农-K——吓得浑身发抖,最终只挤出了一句话:"克拉鲨!"

"是啊,"博士说,"真可怕。要是有人能够……不,太蠢了。这办法太危险了。"

"能够什么?"萨莉追问道。

"什么办法?"埃尔维斯附和道,声音几乎被撞击声盖住了。

"呃……"博士吞了一口唾沫,仿佛接下来的提议极其危险,"要是有人能够爬到船舱外部,趁克拉鲨还没来得及动手就把破裂的管道修好……"

"如何保证克拉鲨不会靠近呢？"罗丝说，显然相信了博士的话，"抱歉。"看到他甩给自己一个恼火的表情，她才回过神来，赶紧补充了一句。

不过，博士转头面向萨莉时，又瞬间进入了角色，"我的音速起子可以驱逐克拉鲨。众所周知，它们无法忍受这种声音。就在刚才，我的起子恢复正常了。"

萨莉看了看博士，又望向其他机器人。随后，她的目光回到了博士身上，"如果派你出去，你的条件是什么？"

"听着，虽然我也不愿意被克拉鲨杀死，但如果能多活一会儿，我也知足了。要是我表现得还不错，让你不再逼迫我们走上伸向太空的跳板，那就更好了。你赶紧决定吧！"他大喊道，声音盖过了越来越响的撞击声。

"行吧。"萨莉喊道，"你去吧！不要耍什么花招，否则就杀了你的同伴，明白吗？"

"明白。"博士说，"不过，在我修理管道的过程中，你要把他们送进逃生舱。"

"为什么？"史密瑟斯说。

博士震惊地望着这个机器人，"你还问为什么？在管道修好之前，我会给船舱释压，你们倒是不受影响，可我的同伴会窒息而死。所以，请把他们送进逃生舱，将空气死死地密封在里面，这样他们才能安然无恙。"

"然后放他们逃跑吗?"萨莉说,"别忘了,那可是逃生舱。"

"只要你关闭安全锁,逃生舱就会固定在飞船上。"博士指出,"不过,我觉得他们不会丢下我逃跑。你还有什么问题吗?我还以为你会觉得这是个不错的主意,毕竟,逃生舱也不失为一间监禁室,对吧?"

"是监禁室,"萨莉赞同道,"也是棺材。"

逃生舱大得出奇。麦卡维特解释说,这是因为逃生舱的使用频率很高。虽然这个解释并没有让罗丝增加多少信心,但她的心态仍比麦卡维特和达格好得多。那两个人似乎十分确信博士会慷慨赴死,而自己也将步他的后尘。吉姆躺在后舱一张低矮弯曲的床铺上,在麻醉剂的作用下昏睡着,时不时地发出喊叫,躁动不安。

逃生舱的内部整体呈圆形,配有一间气闸舱。麦卡维特的大木箱立在边上,罗丝怀疑达格在登船后就把箱子丢在了这里。一侧的舱门通向一间不太大的盥洗室,前舱则被单独隔开,里面摆放着微型控制面板——由笨重的控制杆和老旧的仪表盘组成。麦卡维特向他们解释说,逃生舱甚至还配有单独的锅炉,可以进行短途飞行。

"可惜它们不会让我们逃跑的。"他闷闷不乐地说,"安全锁把我们牢牢地固定在了飞船上。"

就在这时，逃生舱后方传来一连串微弱的爆炸声。罗丝瞬间感觉整个人都变轻了，体重似乎只有刚才的一半。

"怎么回事？"她说。

"呃，"麦卡维特说，"听起来和感觉上都应该是安全锁打开了。"他冲到前舱的舷窗边，"逃生舱和飞船分离了，亲爱的拉里莎，它们把我们放逐了。"他小声地说，面色苍白。

逃生舱缓缓旋转起来，罗丝透过舷窗看到星辰正在移动，飞船出现在了视线范围之内。

"我没看到克拉鲨的踪影。"达格说着，走到前舱加入他们。

"因为根本就没有克拉鲨。这只是个骗局。"罗丝解释道。

"哦？"达格既惊讶又钦佩地说。

"我们完蛋了！"麦卡维特抱怨道，"这里的控制面板需要靠飞船激活。博士也抛弃了我们，假设他还活着的话。"

"博士一定还活着，不会把我们丢下的。"

"那他现在在哪儿呢？"麦卡维特怒吼道，用力摇晃着罗丝的肩膀，"他在哪儿？！"

罗丝吓了一跳，竭力后退一步，"他会来找我们的，好吗？相信我。"

"相信你？"

"发生什么事了？"吉姆在他们身后迷迷糊糊地说，"我们这是在哪儿呢？我们……嘿！我们上太空了对吗？"

罗丝环顾四周,然后对吉姆微微一笑,看着他倒回了床铺上。

"听着,"她小声地对麦卡维特说,"博士没有丢下我们逃之夭夭,我明白……"她犹豫了一下,不知道他听完接下来的话会做何反应,"我明白你为什么如此担心被人抛弃,但博士绝不会做这种事,不像……"她停住了,感觉气氛有些尴尬。

"不像我的拉里莎?"麦卡维特说,语气平静得可怕,"这就是你想说的吗?"然后,他咆哮起来,"是吗?!"

"不是!"她吼了回去,"好吧。"她小声地承认道,"抱歉,其实我根本不认识她。"

"她那么美。"此刻,他平静下来,声音因饱含深情而有些发颤,"我是那么爱她,"他双目湿润,盯着罗丝,"真的很爱她。为了她,我可以抛下一切,但我不能……只是不能……我是那么爱她……"他突然泣不成声,双手掩面跪倒在地。

"对不起。"罗丝小声地开口道,"我很抱歉。"不过,她怀疑他根本没有听到自己的话,"老天,我觉得自己就像那个道歉怪凯文。"

然后,气闸舱的内舱门打开了。他们正在茫茫太空中漫无目的地飘浮着,罗丝却清晰地听到了开门声。看到来人是博士,罗丝一点也不意外,但还是紧紧地拥抱了他。这个拥抱比之前难太多了,因为博士穿得像潜水员一样,还戴着一顶黄铜材质的球形密封头盔。头盔正面嵌有一扇圆形小窗,里面的电线纵横交错。

达格转动锁轮关闭了舱门。博士转了一下头盔,把它摘了下来。

"呼,感觉好多了!"

麦卡维特站了起来,吉姆也从床铺上坐起身,注视着眼前的一幕。

"所以,没有克拉鲨对吧?"罗丝说。

"没有。不过,它们要费一番工夫才会搞清楚发生了什么。"

"可是,一旦摸清状况,它们就会驾驶飞船追上来,而我们只能随意地飘浮。"

"这不是问题。"他脱下宇航服,"我可以搞定控制面板,然后我们就可以上路了。"他大步流星地走到前舱,开始捣鼓起来。

"我们怎么才能逃脱萨尔沃7-50和其他机器人的追击?"麦卡维特很是好奇,"飞船的动力更足,速度也更快。"

"但它们不知道我们要去哪儿。"他毫不谦虚地说,"我已经找到了格林特飞船的方位,打算亲自过去拜访一下。"

博士从内侧口袋里掏出一张卷起来的地图。他发现没有合适的地方把地图摊平,于是递给了达格。

"它们会抓住我们的。"麦卡维特说。

"哦,如果它们的动作够快,也许能根据逃生舱留下的尾流追上我们。只可惜,它们得先修好飞船的引擎。"逃生舱摇晃着慢慢转向,离飞船越来越远。

"那么,我们就先走一步了!"博士宣布说。

"它们十分擅长修理引擎,"麦卡维特说,"很快就会追上来杀了我们的。"

"别担心。"博士坚定地说,"相信我,大家都会安然无恙的。如果事情真的变得棘手起来,我们还有别的办法,比如,搭乘我那台完全……几乎恢复正常的塔——"他皱起了眉头,"塔迪斯在哪儿?"他对罗丝说,"为了应对眼下这种情况,我特意将塔迪斯放在了逃生舱里。我们应该相当安全!"

"应该是双倍安全,"罗丝提醒他,"毕竟有两个逃生舱。不过,塔迪斯在另一个里面。"

7

没过多久,一艘艘飞船的残骸慢慢映入他们的眼帘。最开始出现的是一艘巨大的货运飞船,吉姆介绍说,它的级别达到了星系七级。当他们从距离残骸不到一百米的地方经过时,吉姆透过舷窗惊讶地凝视着又长又扁、丑陋厚重、布满天线的船壳。

"这艘飞船搁浅多久了?"罗丝好奇地问。

"这种型号的飞船一百多年前就停止使用了。"吉姆告诉她。

从船尾经过时,罗丝看到两个一动不动的细瘦人影飘浮在巨大的引擎舱外,身上的细缆绳还连在船壳上。

"直到生命的最后一刻还在修理飞船,却找不出故障的原因。"博士说。

"是电引域造成的。"麦卡维特说,"有些人侥幸脱险后写过报告,情况大同小异:一开始,通信系统受到干扰,接着,飞船失去动力,推进系统似乎遭受重创。一旦引擎停止运转,飞船就只能漫无目的、不受控制地飘浮在太空中——不知道飘到了哪里,也不知道会飘向何方。在饮用水耗尽或生命维持系统彻底关闭之前，有些人可能幸运地飘出了电引域。"

"不幸运的呢？"罗丝小声地问。

"有去无回。"

一艘写着"黑光"号的小型游轮式飞船静静地停在不远处，后面飘着一艘货运飞船，接着是一艘客运飞船。从旁边经过的时候，罗丝看到船壳完全被剥开了，一群克拉鲨从黑黢黢的窟窿里游进游出。

"猎食最后一丝氧气，"博士说，"希望里面还有剩的。"

"为什么？"达格的声音从众人身后传来。他越过其他人的脑袋往窗外张望，手中的笔还悬在笔记本上。

"否则我们将会成为它们的美味佳肴。"

"那些人难道看不出自己正在飞往类似飞船之冢的地方吗？"罗丝问。

"大多数飞船已经搁浅了数十年，甚至上百年。"麦卡维特说，"过去的星图上并没有标注电引域，船员以为只是小故障，没想到飞船最后失去了控制。"

"宇宙太广阔了。"博士告诉罗丝，"可能有上千艘飞船在电引域边缘搁浅，上万艘被困在里面，也可能有无数艘航行了许多光年也没有遇到电引域。"

"有的飞船可能连看都没看到就深陷其中，为时晚矣。"吉姆补充道。

"当系统瘫痪之后,"博士继续解释道,"飞船通常沿直线继续飘浮,受重力影响或发生碰撞才会减速下来。氧气或燃油泄漏、系统爆炸等情况都会造成航向和速度的改变。因此,飞船最后停下来的位置完全是随机的,没有规律可循。这也是至今没人找到'海盗'号的原因之一。大海捞针算什么,这更像是在沙滩上找出一粒盐。"

"那么,容我问一个不算太蠢的问题,"罗丝说,"我们快要找到'海盗'号了吗?"

"我觉得快了。"博士说,"我们已经靠近电引域的边缘,但愿'海盗'号的生命维持系统还能工作。"

"这很重要吗?"吉姆问。

"呃,因为我们只有一套宇航服。"博士告诉他,"而我拥有优先使用权。"

"海盗"号看上去宏伟壮观,绝不会认错。船身通体乌黑,在茫茫太空中,很难看清船尾在什么位置。船身一侧绘有一张银色的骷髅脸,炮口位于两个眼窝的位置,对接舱则位于嘴巴的位置。一面泛白的巨型太阳帆骄傲地矗立在船身上。尽管飞船看上去完好无损,但太阳帆已经残破不堪,可能被陨石或者克拉鲨破坏过。

"太空大帆船。"罗丝动容地感叹道。

"作为格林特传说的一部分,我还以为所谓的骷髅脸是杜撰出来的。"麦卡维特说。

"返程之后,你应该更新自己的模型了。"博士开玩笑说,"改一改颜色,再装上太阳帆。"

"是啊。"麦卡维特认真地附和道,"这艘飞船真是宏伟壮观,对吧,亲爱的?"

吉姆凝视着巨大的飞船,一脸震惊的表情,达格则又开始拿出笔记本涂涂写写。

博士熟练地驾驶逃生舱绕到"海盗"号的另一侧。"等萨莉和其他机器人来了,一定会一眼认出这艘飞船。"他说,"没必要让它们知道我们登上了飞船。"

逃生舱行驶到船尾的位置,停在了紧急出口的前面。随着哐当一声,两扇舱门成功对接,水蒸气从笨重的圆形舱门边缘喷了出来。等压力平衡后,博士得意地挥了挥拳头。

"船壳没有破洞,说明船舱内还有空气,只是不太新鲜。"他说,"船舱内有没有灯光又是另一码事了。来吧,谁想寻找宝藏?"

应急灯血红色的灯光照亮了船舱内部。由于依靠太阳能供电,飞船的照明没有受到电引域的干扰。不过,所有舱门都需要手动打开——通过快速上下移动控制杆来制造压力,然后操纵液压装置——这个动作让罗丝联想到了博士摇动把手打开塔迪斯大门的样子。

门后是一条狭窄的通道,与贯穿整艘飞船的主通道相连。一行人走下楼梯,麦卡维特在前面带路,声称金库——格林特宝藏的所在——就在下面,博士、罗丝和吉姆则跟在他身后。达格抱着大木箱走在最后面,因为麦卡维特坚持认为,箱子能用来搬运宝藏。

"幸好生命维持系统仍在工作。"博士说,"这艘飞船似乎以某种智能化的方式关闭了其他系统,没有出现密封圈泄漏空气的情况。如此看来,'海盗'号完好无损。"

"谢天谢地。"罗丝说。

一路上,他们安静地走着,偶尔用耳语般的声音说话,好像担心自己会惊扰到格林特的鬼魂似的。吉姆不停地对着各种普通物件发出夸张的感叹,麦卡维特则一直和他不在场的妻子窃窃私语。

通往金库的通道内铺着地毯,两侧的舱壁上镶嵌着木板。每隔一段距离,舱壁上就挂着一只空相框。"嘿,"罗丝说,"看来我们不是第一批到的,有人把照片偷走了。"

"那些是全息图。"博士纠正道,"相框会投射出三维立体照片。当然,如果相框停止工作,那就另当别论了。不过,那些东西是真的。"他指向舱壁上挂着的两把弯刀,下方还有一块印着骷髅头的盾牌。

"但愿宝藏也是真的。"罗丝说。

博士没有回答,只是不安地笑了一下。

通道尽头是一个宽敞的房间,里面放置着许多展柜,就像颇负盛名的学校或体育俱乐部布置的奖杯陈列室一样。不过,展柜里都放着各式各样的武器——高科技的爆破枪、剑和匕首。舱壁上挂着更多的武器,以及不少全息相框和几块褪色发黑、失去光泽的铭牌——或许来自被格林特袭击过的飞船。

陈列室内,除了刚才进来的那道门,在他们对面还有一道厚重的金属门,上面有一个巨大的锁轮。在罗丝看来,这道门就像英格兰银行地下室的保险库大门一样。

"不用猜是哪道门了。"罗丝说。

麦卡维特立即检查起来。"好像没有上锁,"他说,"关上门只是为了保护船体。"他试着转了一下,但锁轮纹丝不动,"达格,放下你手里的东西,过来把门打开。"

大块头保镖小心翼翼地把怀里的大木箱靠在展柜一旁,然后走过去帮他开门。

"他带那玩意儿干吗?"罗丝吃惊地盯着箱子说,"麦卡维特难道真的打算把宝藏装箱带走吗?"

博士耸耸肩,"谁知道呢?"

"里面真的有宝藏吗?"吉姆兴奋地问,激动得跳脚,"在里面吗?在吗?在吗?在吗?"

"在里面。"博士笑着说。在房间的另一端,沉重的锁轮不敌达格的蛮力,发出尖厉的声音以示抗议。"在的,在的,在的。呃,或许在里面吧,或许,或许,或许。"博士补充道。

吉姆哈哈大笑,罗丝也忍不住笑了起来。

达格用尽全身力气将金属门缓缓拉开,然而,门后是一个空空如也的房间。

房间酷肖一只四四方方的大金属箱,除了一只乌黑锃亮的大盒子以外,几乎空空如也。盒子的形状大小与棺材相仿,上面覆盖着交错的管道和电线,就像是雕刻上去的繁复图案。

罗丝开口了:"这是复活棺吗?"

达格慢慢走向那个不祥的黑色物体。

"别打开它。"博士跟了上去,声音虽然很轻,但充满威严,"不管你想做什么,都别打开盖板。我不知道宝藏在哪儿,但千万别打开它。"

"为什么?"达格站在盒子面前,"宝藏肯定就在里面。"

"不,恐怕不在。"

博士环顾四周,等其他人的目光都聚焦在自己身上后,从西装口袋里掏出了一副厚框眼镜。他小心翼翼地戴上眼镜,食指抵住鼻梁上的镜架,将它向上推了推。接着,他用手抚摸盖板,一边感受它的纹理,一边检查管道和电线的连接方式。

"如果传说是真的,"他开口道,"你将释放一名危险至极、凶残暴虐、嗜血成性、令人厌恶的海盗。这就是不打开它的理由。"

达格思索片刻,"有道理。"

吉姆和麦卡维特同时盯着空空如也的房间,吉姆头一回显出一副垂头丧气的样子。博士跟着罗丝来到他身边,拍了拍他的后背,"没事吧?"他说,"反正没人想变成大富翁,对吧?"

麦卡维特既困惑又愤懑,"在哪儿?"他质问道,"宝藏哪儿去了?格林特二十多年的海盗生涯绝不可能一无所获!多年来,拉里莎,我们梦寐以求的竟然是一个空房间吗?是谁偷走了宝藏?是谁来过这里?"他怒吼道。

"呃,实际上,"一个低沉粗哑的声音从他们身后传来,"要是你提前问了我,或许不用白跑这一趟。"

麦卡维特目瞪口呆地望着那个人。罗丝和吉姆缓缓转身,想看看是谁在说话。

"你好啊,凯文。"博士说着,摘下眼镜收了起来。

一个毛发蓬乱的庞然大物倚在门框上,罗丝看到它用巨掌擦了擦脸,嘴角还残留着鲜红色的黏稠液体。

"天哪,真恶心!"她忍不住大声地说。

"怎么了?"它擦了擦嘴角,"哦,你说的是这个吗?抱歉。"它用舌头把黏稠液体舔干净,满意地咂了咂嘴,"这是番茄酱,"凯文解释道,"吃克朗克肉饼时粘上的。我刚刚在看三维立体视频,不配点吃的可不行。克朗克肉饼再加上一大罐冷饮,非常可口。"它信步走了进来,"我猜你受了不小的打击吧。大老远跑过来,却什么也没找到。"凯文难过地摇了摇头。

"你在这里干什么?!"麦卡维特恼火地低声说。

"真是不好意思,我住在这里。不然你以为除了外出执行任务之外,其他时间我都待在哪里?这里是我家。我猜,你不会为我提供免费的食宿吧?我又不会蜷缩在老旧的神灯或者咖啡壶里,你懂的。"

"任务?"罗丝重复了一遍,"等一下!你的意思是……"

博士一把抓住她的胳膊,"我猜,我们的朋友凯文在为麦卡维特先生办事。我说得没错吧?"他问麦卡维特,"告诉我,我说对了吗?"

"完全正确。"麦卡维特恢复了一丝自信,极其得意地说,"黑色魅影对我言听计从。"

"哦?"博士听上去很是惊讶,"言听计从?真棒。我猜你一定高兴极了,凯文?"

"是啊。"凯文丝毫没有掩饰嘲讽的语气,"真是千载难逢的机会,说不定能够升职加薪,获得医疗保障呢。"

"你叫凯文?"麦卡维特困惑地说。

"有什么问题吗?"凯文回应道,"这才是我真正的名字。我喜欢自己的名字,不喜欢别人给我取一些损人的外号。你连问都没问过我,一天到晚都是'黑色魅影,照我说的去做',或者

'黑暗之子，听从我的命令'之类的话……你知道自己在说些什么吗？"

"麦卡维特派凯文杀了那些人吗？"罗丝难以置信地说。

"别忘了，"博士怒气冲冲地说，"他还想杀了我，因为我不知怎的惹怒他了。不过后来他认为我活下来更有价值，可以带他找到……"博士停下来，环视了一圈空荡荡的房间，"格林特的宝藏。"

麦卡维特气得满脸通红，吉姆则迫切地想和凯文说话。

"你就是哈姆雷克·格林特养的怪物，对吧？当他把黑色魅影放到别人身上后，你就去杀了他们。天哪，太酷了！"

凯文谦虚地看着小男孩，打理起自己的爪子，"没什么，只不过是工作罢了。不过，我确实很自豪，因为这类任务我完成得还不赖。"

"但……你让他逃走了。"麦卡维特指着博士，结结巴巴地说。

"没错，这是因为任务没有安排妥当，不是吗？又不是我的错，万能的主人。"

"为什么？"罗丝诧异地问，"你为什么要杀了那些人？"

"我也没办法，"凯文无奈地说，"必须服从命令。藏起来也不错，就是有点丢人。我觉得可以惩治那些凶残嗜血的海盗和太空恶棍——甚至太空缉私员——但杀死几个贩卖赝品的怪老头儿未免有些过分了。"

"其实,并不都是赝品,对吧?"博士说,双眼紧盯着麦卡维特,"如果只是想敲你一笔,他们可能会没事。然而,很多年前,他们的确给你带来了一件真品,所以,当发现这次的东西都是赝品后,你极其失望。"他缓缓走向麦卡维特,逼得后者连连后退,"那么,用来控制凯文的那件真品是什么?古老的卷轴、积灰的书籍,还是特殊的帽子?你戴着什么帽子吗?我倒希望如此。老天,别告诉我是一根魔杖。"

此刻,麦卡维特背靠舱壁,掐住了自己的喉咙。罗丝以为他遭遇了不明袭击,结果看到他使劲拽出了脖子上的项链,上面挂着一枚大奖章。"这个。"他激动地说,"这就是控制凯文的东西。所以,都给我注意了,我掌控着你们的生杀大权——你们所有人。"

博士的脚迈出一半,悬在了半空中。"哦,"他说,"随身携带。非常……有远见。"

"他会把黑色魅影放到你身上。"吉姆说着跑到博士身边,"别从他手里接过任何东西,也别让他找机会把东西放进你的口袋。"

"别给他纸和笔。"罗丝提出建议,"达格,记好了。不,不是让你记下来。"她摇了摇头,叹了口气,"算了,随你吧。"

然而,麦卡维特的面部扭曲起来,露出了邪恶的奸笑,"无所谓,反正我已经提前写好了。"

"好吧,可杀了我们有什么意义呢?"博士说,"这里既没有宝藏,我们对你也构不成威胁。别忘了,我们和你是站在同一边的。你要提防的是萨尔沃和它的三个伙伴。"

"萨尔沃7-50吗?"看到博士点了点头,凯文似乎不太高兴,"天哪,跟我说说它怎么样了?我还以为它早就被当成一堆废铁熔化了。它可是个大麻烦,相信我。"

"我们已经知道了,谢谢。"罗丝说。

"所以,它现在在哪儿?"凯文追问道。

"几英里之外。"博士回答说,"它和其他机器人还在修理引擎,预计短时间内不会出现在这里。"

话音刚落,整个房间就剧烈地晃动起来。一阵响亮的金属撞击声回荡在船舱内。

"怎么回事?"罗丝努力保持着平衡。

"听上去像是飞船对接的声音。"达格说,"你们觉得是谁……"他突然停住,皱起了眉头,"老天。"

"它们竟然追上来了,真是意外。我早该料到的。"博士说,"或许我已经料到了,只不过忘记了。可恶!"

8

没人想困在金库里,凯文提议大家换个地方待着。可是,陈列室里的门实在太多了,四通八达。

"我们要不要退回逃生舱?"吉姆提议道。

"然后和从另一侧过来的机器人朋友会合?它们知道我们在这儿,也知道我们想去哪儿。"博士说,"它们对这里了如指掌。而且,不幸的是,它们还准备接管这艘飞船。"

"所以我们去哪儿?"罗丝反问道,"难道就待在这里等精神失常的机器人过来吗?"

"我们需要一个容易防守的房间,再加上一道可供随时逃跑的后门。"博士说,"有什么提议吗?"

"游戏室,"凯文提议道,"满足你的一切要求。另外,如果待腻了,我们还可以玩一局台球。"

博士咧嘴一笑,"正合我意。"

"那就快走吧。"罗丝说,"它们很快就会找到这里了。"

"要是看到宝藏不翼而飞了,它们会不高兴的。"吉姆说,

"除非……宝藏是它们拿走的?"

博士摇摇头,"不是,它们没来过这里,还得靠机智的我来带路——别管这句话,听起来有点傻——而且,它们也在寻找格林特。"

"找他干吗?"麦卡维特问道。

"嗯……"博士回应道,"容我想想。他背叛并抛弃了这些机器人,还下令把它们变成一堆废铜烂铁。所以我猜,机器人想把他从棺材里唤醒,然后坐下来好好地喝一杯,聊聊逝去的美好时光。你们觉得呢?"

麦卡维特想象了一下,"我明白了。"他说,"达格,你最好带上复活棺。"

"为什么?"达格问,"让它们带走不就行了?"

"是可以那样做。"博士说,"不过,抛开杀人成性的格林特可能会被唤醒不说,我们至少需要一个谈判的筹码,因为它们很可能想从我们口中问出宝藏的下落。我们的麦卡维特先生这辈子总算说对了一句话。"

"好吧。"达格抬起复活棺的一端,但没能整个搬起来,"呃,谁能来搭把手?"

"哦,老天。"凯文抱怨着缓缓穿过房间,把达格推到一边,一个人抬起了复活棺。只见凯文轻轻松松就把它扛到肩上,然后带头走出了金库。从罗丝身旁经过时,凯文小声地嘟哝道:"随时恭候差遣……"

"你带上那个。"麦卡维特指着自己的大木箱对达格说。

"那你又带上什么？"罗丝故意礼貌地问。

麦卡维特迎上她的目光，微微一笑。他的手里攥着一小张羊皮纸，纸片中间印着一团墨水渍。"或许你愿意帮我带上它？"他小声地问。

罗丝愣住了，看到凯文停在门口难过地望着自己。一时之间，罗丝甚至可以想象出它道歉的画面——就在它扯掉自己的胳膊之前。

"不必了。"罗丝说，"我相信你能搞定。"看到麦卡维特点点头，跟着其他人走了出去，罗丝这才如释重负地舒了口气。

凯文领着他们经过一条不长的通道，穿过宽敞的休息区，来到了远处的一个房间。舱壁上挂着巨大的屏幕，对面摆着一张沙发，爆米花之类的零食散落一地。另一面舱壁上，挂着一个方形的镖靶。落满灰尘的杂志和手机模样的设备随意地摆在几张矮桌上。房间中央有一张斯诺克台球桌，看上去一局尚未终了。

"抱歉，这里有点乱。"凯文说着把台球扫到一边，将复活棺放到了台球桌上，"没想到家里会来客人，有点突然。"

达格将麦卡维特的大木箱也放到了桌上，然后轻叩着复活棺说："我们可以打开一条缝往里瞅瞅。"

"不可以。"博士立即打消了他的念头，"绝对不行。不能往里面偷看，明白吗？那道舱门通向哪里？"他指着房间的后门说。

"船尾。"凯文说，"那儿有几间特等舱，还有引擎舱和机房。"

"不会有别的通道也能进入那里吧？"

"应该不会。好了，把正门堵上，然后请自便吧。晚点我再过来找你们，"凯文说，"如果你们侥幸逃脱的话。"

"你要去哪儿？"吉姆问道。

"我不怎么乐意再见到萨尔沃那帮人。"凯文坦言，"所以，如果你们不介意的话，我打算先离开这个维度，等一切结束之后再回来。"

"不行！"麦卡维特厉声说，"我们需要你留在这里。"他拿出那枚大奖章，把链子绷得直直的，"凭借我的力量，作为黑暗的主宰，我命令你待在这里。"他夸张地大声说。

"凭借我的力量，"凯文模仿道，"黑暗主宰吧啦吧啦……好吧，我留下来就是了。毕竟，我见识过那股力量有多厉害。或者，按照你的说法，我应该这样回复：哦，伟大的主人，我奉命服从暗影奖章赋予您的伟大力量，直到您解除契约或撤销束缚我的黑暗之力为止。"

"好吧。"博士说，"很高兴看到矛盾解决了。现在，大家一起尽力把门堵上吧。"

"然后我们做什么?"罗丝问。

"我们或许会跟它们谈判。"

"谈什么条件?"

博士耸耸肩,"不知道,或许它们会把我们关进另一个逃生舱。"

罗丝点点头,"又或许,"她说,"它们不会这么做。"

在麦卡维特的指挥下,凯文把斯诺克台球桌搬去堵门。保险起见,他们还在桌上垒起矮桌和椅子,又用大木箱和复活棺斜抵住上面的桌椅。

"说不定它们找不到我们。"吉姆说,"如果我们保持安静,它们可能并不知道我们在这里。"

就在这时,台球桌动了一下,似乎有人想要把门打开。一把椅子从垒得高高的桌子上滑落,砸到了地上。

"看来它们知道。"罗丝说。

片刻之后,萨莉的声音从门外传来:"养成习惯了是吗?还是那句话,开门让我们进去。等拿走属于我们的东西后,你们就可以安息了。"

"她说的是让我们安静地休息吗?"达格说。

"我觉得不是。"博士回应道。

"没时间犹豫了。"麦卡维特拽住博士的胳膊,拉他转过身和自己面对面,"我们必须打开复活棺。"

"不行。"博士拒绝道。

"不,必须打开。"

"为什么?"

麦卡维特眨了眨眼,"这样我们才有谈判的筹码。"

"既然我们已经拿到了复活棺,"罗丝说,"为什么还需要格林特本人呢?他早已安然离世了。"

"万一我们需要用到复活棺呢?!"麦卡维特冲她大喊大叫,"要是它们把我们都杀了,到时候又该怎么办?我们必须打开复活棺,让它发挥作用,这样才有办法进行谈判。要让这帮机器人知道,它们不能杀了我们。"

"时间到了!"萨莉隔着门喊道,"要么出来,要么让我们进去。反正你们逃不掉了,不可能躲一辈子。"

"麦卡维特说得没错,我们也许可以抢占先机。"罗丝赞同道。

"不,它们会杀了我们。"博士小声地说。

"但如果有了复活棺……"麦卡维特坚持道。

"对啊。"吉姆说,"我们可以先躺进去,然后再安然无恙地出来。"

"不行!"博士反对道,"怎么就听不懂我的话呢?难道我说的是火星文吗?给我听好了,不能!"

"你指的是'我们不能打开复活棺',还是'我们不能安然无恙地出来'？"罗丝问。

博士眨了眨眼睛，用手捋了一下不太服帖的头发，"两者都是。就算不会把格林特放出来，这玩意儿的作用也不像你们想的那样！"他用盖过敲门声的音量喊道。每敲一次，台球桌就晃动一下，但仍然抵着门。

"它能让我们死而复生，这就是它的作用！"麦卡维特吼了回去。

"不。"博士抚摸着盖板上的线路，"它可能会让人在冷冻之后苏醒过来，但不可能让人死而复生。"他迎上罗丝的目光，"没有人可以。"

"你是说它不管用吗？"麦卡维特惊讶地盯着博士。

"如果你没有脑死亡，DNA仍保持活性，那么复活棺或许可以治愈你的伤口，让人恢复健康，甚至返老还童。可是，它能让人死而复生吗？我对此表示怀疑。等萨莉和其他机器人进来后，我们可能会死无全尸，而复活棺应该无法把我们的身体粘好并复活所有人。明白了吗？"

"它必须管用，"麦卡维特说，"必须让人起死回生。"他扯着博士的衣领，凑上去对他大喊大叫，"听明白了吗？你必须让它起作用！"

"你没听明白吗？我不能！"博士也吼了回去。

"让复活棺起作用，不然你就死定了。"他在博士面前挥了挥印有黑色魅影的羊皮纸。

"这件事有那么重要吗?"博士质问道,"为什么你会对此无比执着?难道你没有注意到,我们现在都还没死吗?"

"打开复活棺!"麦卡维特大喊道。

"为什么要打开它?"博士不甘示弱地追问道。

这时,门被撞开了一条小缝。台球桌晃动起来,连带着几把椅子掉了下来。复活棺受到撞击倒向一旁,把大木箱撞歪了。不过,箱子暂时被台球桌内侧边缘的弹性衬垫托住了。随着又一波冲击,更多的椅子如雪崩般落下,重重地砸在斜立着的大木箱上。

"不——拉里莎!"麦卡维特看到摇摇欲坠的大木箱,立马松开博士向箱子跑去。

可是已经太迟了。台球桌再次晃动起来,大木箱摔到了地上。挂锁的锁扣猛地裂开,箱子里面的东西撒了一地。

看到这诡异惊悚的场面,众人立刻做出反应:罗丝用手捂住了嘴巴,达格往后退了一步,吉姆又惊讶又惶恐地尖叫起来,凯文翻了个白眼,博士则难过地点了点头,"还好之前没有打开它。"

麦卡维特在大木箱旁边慢慢地跪了下来。箱子里,一具脆弱发黑的骨架从破破烂烂的红丝绒长礼裙里露了出来,部分残骸散落在地上。骷髅头和"海盗"号船身上的图案如出一辙,空洞的眼窝直勾勾地望着麦卡维特。

"拉里莎,"麦卡维特呜咽着说,"天哪,拉里莎,我错了。"

罗丝清楚地看到骷髅头的前额正中有一个圆孔，直觉告诉她那是子弹留下的痕迹。

"我会把你带回我身边的。"麦卡维特啜泣着说，"亲爱的，我会让你复活的。我是那么爱你。这次一定会成功，我保证。一切都会好起来的，一如往常。"他双膝跪地，抱着骨架轻轻摇晃，哭得全身都颤抖起来，"我们还会和从前一样……"

"和杀死她之前一样吗？"博士冷冷地说，"她根本没有和警戒队队长私奔，对吧？你发现他们在一起了，还意外得知他们正在计划出逃。于是，出于嫉妒，你对她……"博士的声音越来越小，脸上没有一丝血色。

麦卡维特望向博士，满脸泪痕，但眼中仍燃烧着恨意，"是的，我发现了。"他低吼道，"但她爱的是我，我知道的！在那个男人毒害她的内心之前……只要复活棺能起作用，我们就又能在一起了。"

博士惊恐地望着他，"我就知道这件事有些蹊跷！在你家的展柜里，那个正在尖叫的男人不只是尊雕像，对吧？洛哈特或许不是他的名字，但他就是那个警戒队队长。那副惶恐的表情真实得过了头。"

"你真应该听听那声惨叫。"麦卡维特像是在跟骷髅说话，"当沸腾的铅水夺走他生命的那一瞬间，啊，太美妙了。亲爱的，真希望你也在场，我做的这一切都是为了你。"

"为了她?"罗丝惊骇万分,"你杀了她,用子弹射穿了她的脑袋。"

"对于我们来说,那是最好的解决办法。"麦卡维特坚持道,"我不得不那样做。"

凯文清了清嗓子,晃着脑袋说:"不用猜谁才是这里真正的怪物了。"

吉姆惊恐万分、难以置信地望着麦卡维特和他妻子的骷髅。罗丝搂住男孩的肩膀,温柔地问:"你还好吗?"

男孩点了点头,但没有说话。

"所以,你怎么看待这一切?"博士对吉姆说,"怎么看待麦卡维特的所作所为?怎么看待他用沸腾的铅水将那个带走自己妻子的男人淹没——"

"博士!"罗丝怒气冲冲地打断他,"他还只是个孩子。"

"我只是对他的看法有些好奇罢了。"博士解释道,"孩子的观点同样重要。"他看向吉姆,双眸漆黑而深邃,"所以,你怎么看待这一切?"

吉姆呆呆地站在原地,目瞪口呆地看着麦卡维特,"我觉得……"他吞了一口唾沫,别过头去,躲进了罗丝的怀里,"我觉得这一切太可怕了。"

男孩害怕得战抖起来,罗丝把他搂得更紧了。她生气地瞪着博士,用嘴型说出"你在干吗?"这句话。

博士对她视而不见，轻轻拍了拍吉姆的肩膀，"我也觉得太可怕了。"他轻声说，"回答得真好。"

麦卡维特把大木箱摆正，小心翼翼、一脸虔诚地将妻子的骨架放了回去。他合上盖子，静静地看了一会儿，然后深吸一口气，转向了博士。

台球桌再次晃动起来，稍微往外挪动了一点。一只机械手臂从窄窄的门缝中伸进来，扫开了碍事的椅子，但没能推开桌子。

"要是想玩捉迷藏，那就赶紧躲起来吧！"萨莉嘲弄地喊道，"我要从一百开始倒数了！说不定数到五十的时候，我们就进来抓你们了。准备好了吗？"

麦卡维特无视门口传来的噪音和台球桌刮擦地面发出的刺耳声音，慢慢地走向博士。"没错，博士。"他以威胁的口吻小声地说，"要是你不能用复活棺把拉里莎复活，就轮到你了。"

"我说了，复活棺不是那样用的。"博士说。

麦卡维特将羊皮纸拿在手里来回翻折，"所以，你还是不愿意帮忙。"他轻蔑地说，"很好……"然后他稍做停顿，"算了，我想到了更好的办法。"凯文死死盯着他的一举一动。

"希望你的办法是阻止萨莉那帮机器人冲进来杀光我们。"博士提醒道。

在房间的另一头，吉姆、罗丝和达格正拼尽全力地抵着台球桌，想把门重新堵上。然而，门缝还是越开越大。

麦卡维特似乎对此毫不在意,"既然你不愿意帮我,那愿不愿意用复活棺把其他人复活呢?比如吉姆或者罗丝?让我们拭目以待。"

他猛地转身,准备将手中的羊皮纸塞进其中一人的口袋。罗丝大步迈到吉姆身前,怒视着麦卡维特,想看他有没有胆量把羊皮纸塞给自己。不过,博士一把抓住麦卡维特的胳膊,将他拽了回来。

"听着,"博士对着他的耳朵吼道,"我没法用复活棺把拉里莎复活,不是不愿意,而是根本没有办法!复活棺的作用不像你想的那样,它基于克隆技术,需要依靠活体组织才能完成复原。活体组织,明白吗?你的大木箱里根本没有活体组织,你的妻子已经永远离开了,是你杀了她。"

麦卡维特甩开博士的手,"那就活该你丧命了,博士。"他说,"别感到意外,你知道我是个刽子手。"他转身抬起大木箱,径直走向通往引擎舱的后门。

博士忽然意识到,麦卡维特手里的羊皮纸不见了。

台球桌被撞变了形,挨着门的一侧像海浪一样高高隆起,然后,整张桌子瞬间向后倒了下来。吉姆和罗丝被撞翻在地,达格勉强站立,但也退了好几步。

"别了,博士!"麦卡维特盖过噪音高声喊道。

萨尔沃 7-50、埃尔维斯、史密瑟斯和加农 -K 同时把头挤进房间,发出了刺耳的欢呼声。

博士移开目光,发现凯文正难过地盯着自己。"怎么了?"博士说。

"麦卡维特把黑色魅影放进你的口袋了,博士。"凯文说,"我很抱歉,但你没法像上次那样故技重施了,除非你把黑色魅影放回他身上,或者让他主动解除诅咒。不过,看样子麦卡维特已经走远了,抱歉。"

"你不必这样做。"博士说。

毛发浓密的巨掌笼罩在他的头顶,血红色的灯光下,爪子闪烁着凶光。

"可我别无选择。"凯文说,"非常抱歉,博士,我真的很抱歉。但是,让我们速战速决好吗?"说完,巨掌便向他拍了下来。

9

罗丝转过头,刚好看到博士往旁边一闪,倒在了沙发上。他翻了个身,又立马站了起来。

"把复活棺带上!"他朝罗丝大喊,"别让它们得手。吉姆,活动模型!"说完,他便一溜烟儿地冲出后门,凯文则紧随其后。

"凯文!"罗丝喊道。

怪物停了下来,转过身吼道:"我现在很忙!"

"帮忙拦住它们!"

凯文叹了口气,摇了摇头,"麦卡维特只让我把门堵住,没让我跟它们对决。抱歉。"突然,它瞪大了血红的双眼,看见萨莉挣扎着推开台球桌,想从门缝里挤进来。

"我的天,该死!"怪物大叫着躲到沙发后面,紧张地往外窥探,眼睛里闪烁着微光。

"躲在沙发后面的怪物。"罗丝摇了摇头,"真是一点也不稀奇。"接着,她冲达格大喊道,"把复活棺拿走!我和吉姆会尽可能拖住它们。"

达格把复活棺从桌子上搬下来,使得台球桌又往外挪动了几分。他用力拖着沉重的盒子向后门走去,一路喘着粗气,在肾上腺素的作用下大喊大叫。

"现在该怎么办?"吉姆瞪大了眼睛,吓得面无血色,"我们打不过它们的。"

罗丝不得不承认,吉姆说得没错。此刻,埃尔维斯正努力从桌子底下钻出来,加农-K也正从桌子上面爬过来。"我们别无选择。"她说。

"总不能赤手空拳地跟它们对抗,那些都是战无不胜的战斗机器人。我们需要武器。"

"台球!"罗丝告诉吉姆,后者似乎一头雾水,"快过来帮我!"她急切地把绿色的厚台呢从桌子边缘扯出来。

"我们要台呢干吗?"

"不,"她说,"我们要的是台呢下面的弹性衬垫。"罗丝记得在米基看足球比赛的酒吧里,有一张台球桌磨损得很严重,甚至能看到下面长长的黑色橡胶带。这里的台球桌应该也一样。她费力地撕开厚台呢,拉出弹性衬垫里的橡胶带,然后松了口气。

"弹弓!"吉姆反应过来了。

"把台球拿过来。"她告诉他。

凯文已经从沙发后面溜走了。于是,罗丝和吉姆迅速合力把沙发拖走,堵在了后门口。吉姆将外套临时围成布兜,把台球全部装了进去。两人翻过沙发，蹲在了靠后门的那一侧。罗丝把橡胶带从门框一侧的铰链里穿进去，又从另一侧的搭扣里穿出来，然后打了个死结。

"博士之前说的活动模型是什么意思？"她一边问，一边绷紧橡胶带，准备随时松手。当然，前提是死结不会解开。

"我收藏了所有机器人的活动模型，"吉姆说，"但不知道它们能派上什么用场。"

此时，埃尔维斯被困在椅子堆里寸步难行。加农-K想要推开台球桌，给自己开出一条路，结果撞倒了更多的椅子，全都掉在了埃尔维斯周围。萨莉和史密瑟斯一边给自己加油鼓劲，一边努力推开碍事的桌子。

"这么说，你了解这些机器人的战斗方式，了解它们是如何组装起来的。"罗丝说。不过，她也不知道这些信息有什么用。

"加农-K，"吉姆突然咧嘴一笑，"那个模型的脑袋老是掉下来。鲍勃叔叔总说模型制作得非常精致逼真。既然如此，那它的脖子一定也很纤细。"

"这就是它的弱点，我们不妨试试瞄准它的脖子。"罗丝说，"快，给我一颗台球，然后赶紧趴下。"她一直拉着橡胶带，感觉自己应该坚持不了多久。

加农-K几乎就要杀进来了。吉姆伸手去够沙发上的一堆台球，一只手犹豫地悬在了半空中，"你想选什么颜色的？"

博士一路狂奔起来,脑袋里没什么计划,更多的是一堆待办事项。首先,他得找到麦卡维特,说服他把黑色魅影收回去,或者偷偷把这个烫手山芋放到他身上。如此一来,凯文就会跑去找他,而自己也不必落得死无全尸的下场;然后,他需要原路返回,帮罗丝、吉姆和达格挡住萨莉和她的机器人伙伴。假设他把大家顺利解救出来,他们还得回到"冒险"号上去找塔迪斯。说不定,他们最后还得干掉那些机器人。这项任务富有挑战性,不过话说回来,生活里没点挑战又有什么意思?

就在这时,一把沉重的利刃划破空气,擦过博士的后脑勺,刺进了通道的舱壁。博士压根儿没有注意到,麦卡维特一早就埋伏在此。他用力把剑从舱壁里拔出来,眼看就要刺出第二剑。

"你就不能歇一会儿吗?"博士急忙向后一躲。

"如果那头怪物杀不了你,那就我来动手。"麦卡维特厉声说,终于把利刃拔了下来。

博士虽然不喜欢那样的眼神,但还是深深地望进了他的眼睛,"你真的疯了,是吗?"他说,"彻头彻尾地疯了。"

利刃又一次刺过来,博士惊险地躲了过去。他沿着通道慢慢后退,谨慎地盯着麦卡维特的一举一动,以防这个男人再次出击。

"你想停下来跟我谈谈吗?"博士问。利刃再次刺过来,划破博士的西装,在他胸前留下了一道口子。"看来你不想谈,真遗憾。"博士不再强装冷静,拔腿就跑。

不过,他并没有掉头逃跑,而是直接朝麦卡维特冲了过去。当利刃划过最高处的时候,博士突然刹住脚步,用肩膀将他撞倒在地。那把剑从他的手中飞出去,哐当一声砸在了地上。

博士看了过去,发现那把剑离自己太远了,不可能赶在麦卡维特之前拿到它。于是,他掉头朝引擎舱跑去。"虽然我的生活并不无聊乏味、波澜不惊,"博士小声地自言自语道,"但也不至于……"

一旦开始行动,事情就会无比顺畅地进行下去。可是,一旦停下来,事情则又变得棘手起来。达格明白自己拖着复活棺走不了多远,得找个地方把它藏起来。通道两侧有好几道舱门,但多数都通向狭小的储物间,很容易被机器人发现。

他听到从通道另一头传来了呼喊声,知道罗丝和吉姆急需自己的帮助。虽然达格并不想送命,但他更想把保镖这份工作做好。比起保护麦卡维特,他更愿意保护那个女孩和那个小男孩,特别是在得知自己搬了一路的大木箱里装的是什么之后。

别停下来,达格心想,说不定他很快就能把复活棺藏起来,然后赶回去支援他们。就在这时,他撞上了一个庞然大物。达格立即停下,骂骂咧咧地回过头,结果看到了凯文黑乎乎的巨大身影。

"真是的!"凯文说,"你这个家伙,赶紧把复活棺给我,然后去做你该做的事吧。"

达格嘟哝着点了点头,眼睁睁地看着凯文毫不费力地扛起了沉重的盒子。

"你还在等什么?"凯文问道。

"我这就回去帮他们。"达格告诉它。

凯文目送大块头保镖匆匆赶回游戏室,"真伟大。"它说,"这人彻底疯了,但非常伟大。"

第一颗台球嗖的一声擦过加农-K的肩膀,打在了机器人身后的舱壁上。

"很接近了。"吉姆激动地蹦跶着,从沙发上取回第二颗台球。

"还不够准。"罗丝刚才扯得过于用力,导致胳膊有些酸痛。

"这次试一试蓝色的。"

她把蓝色的台球放到橡胶带上,再次将带子向后扯,竭力瞄准即将逼近沙发的机器人。吉姆将身子伏得很低,罗丝生怕自己手滑打到他。最后,她眼睛一闭,松开了手。

台球击中目标,发出了巨大的金属撞击声,就像一根钢杆打在了坏掉的大钟上。罗丝睁开双眼,看到加农-K的脑袋歪向了一边。它一把扶住自己的脑袋,一副难以置信的样子。虽然它暂时停下了脚步,但萨莉、埃尔维斯和史密瑟斯却仍在步步逼近。

"打得好!"吉姆大喊道,"试试黑色的,继续瞄准脖子。"

"瞄准!"罗丝已经失去了力气,没等橡胶带拉那么长就松了手。

然而,此番"失误"反倒有助于命中目标,黑色台球正中加农-K纤细的脖子。伴随着一阵痛苦的断裂声,如头盔般沉重的脑袋获得自由,滚落在了地上。

"哦,真是好球。"刺耳的声音从地上传来。罗丝花了好一会儿才反应过来,说话的正是加农-K的脑袋。那颗脑袋直盯着她,就像从麦卡维特的大木箱里掉出来的骷髅头一样。

萨莉轻蔑地望着罗丝和吉姆,"闹够了吗?"她说,"埃尔维斯、史密瑟斯,该你们上场了。"

"那我呢?"加农-K的脑袋问道。

"等会儿再把你修好。"史密瑟斯说,"就像过去那样。现在,我们需要尽快找到格林特。"

"你们得不到复活棺的。"罗丝冲它放出狠话,"我知道你们是想报复格林特。我们可以商量一下。"

"报复?"萨莉说,半张人类的脸上露出了惊讶的表情。

"因为他把你们当成废品卖了。"吉姆补充道。

"哦,那件事啊。"萨莉无所谓地说,"在所难免。"

"什么?"罗丝难以置信地说,"你居然一点也不在意?"

"格林特最有主意了。他是船长,有权决定我们的命运。这就是为什么我们想要得到复活棺。他是最棒的,我们想要他回来。"

萨莉一边说,一边慢慢逼近沙发,完全不在意罗丝又一次拉开了橡胶带。这次,橡胶带上放着一颗红色的台球。不过,罗丝想要瞄准的并不是萨莉。

在她身后,埃尔维斯和史密瑟斯正忙着扯下胸前的一块块金属板,拆下四肢的镀层,关闭输送水蒸气的各项开关。

"我感觉力量恢复了不少。"埃尔维斯说,"虽然不足以驾驶飞船,但可以实现最基本的操作。"

"是的,"史密瑟斯赞同地说,"我的知觉恢复了。"它拆掉一片胸甲,露出了底下褪色的金属。在灯光的照射下,金属闪着微光。与此同时,电脑开机般的系统启动声响了起来。"我可以行走和杀人了。"

埃尔维斯一把扯掉面部的薄金属板,露出的面孔与鲍勃家照片中的一模一样。

"是时候摘掉手套了。"萨莉说着,抬起机械胳膊,移除了金属手套。她的手指瞬间变成泛着寒光的利刃。"可惜我伤得太重,大部分身体还是需要依靠蒸汽动力。不过,史密瑟斯会修好我的,届时,我就可以摆脱这些劣质的有机器官了。"

"你说的可是某个人的身体,"罗丝说,"以及某个人的脸。"

萨莉哈哈大笑,"不再是了,这副身体谁捡到就归谁。话说回来,先做最要紧的事。"

"只要我们把格林特从复活棺里唤醒,"埃尔维斯说,"他就能再次领导我们了。我们的未来将一如往日那般光辉灿烂,充斥着死亡、鲜血和荣耀!"

"真是再好不过了!"史密瑟斯赞同地说,"现在,我们开干吧!"它径直向沙发走来,身上再也没有嘶嘶声,一切功能都恢复了正常。杀戮机器人目标明确地大步逼近,身上的机械装置嗡嗡作响。

"快跑,我来拖住它们!"

罗丝本以为是吉姆在说话,当一双结实的大手接过她手中的橡胶带时,她才注意到那人是达格。

"快啊!"他说,"快离开这里。找到博士,他知道该怎么做。"

罗丝一把将吉姆从沙发上抱了下来,与此同时,史密瑟斯轻松地跳上了沙发。达格松开手中的橡胶带,让台球击中机器人的胸膛。它从沙发上栽下去,砸在地板上,激起了大片火花。

"那你呢?"罗丝一边带着吉姆逃跑,一边冲达格大喊道。

达格再次拉开临时制作的弹弓。"我知道自己该做什么,"他回应道,"我会尽可能为你们争取时间。"他顿了顿,用一只手从口袋里掏出笔记本,把它扔给了罗丝。"这是我的毕生杰作,"他说,"替我保管好它。"

她接住笔记本,将它紧紧地攥在手里,"等一切结束之后,我会把它还给你的。"

达格哈哈大笑。"一定会的。"他说着，再次瞄准了机器人。

引擎舱里堆满了各种管道和电缆线，气密闸和装置保险柜像岗哨一样立在休眠的反应堆中间。和飞船上的大多数房间一样，舱内也闪烁着血红色的灯光，如同远古生物的洞穴一般令人生畏。

博士小心翼翼地从两台冷却设备中间穿过，尽可能安静地向船舱的侧壁走去。设备仍在缓慢运转，冒出的冷气在灯光的映照下，变成了橙红色的一缕薄雾。不远处的玻璃橱柜里放了一把消防斧。对于消防斧能不能打赢麦卡维特的利刃这个问题，他心里没谱。不过，他根本没什么选择，有总比没有好。

就在博士准备打开玻璃橱柜时，利刃突然从他的头顶上方劈了下来。他立刻躲开，只见麦卡维特叉开双腿站在冷却设备上，一脸凶狠地盯着自己。

麦卡维特的剑不小心刺中冷却设备，在上面戳出一个小洞，一股冷气从中喷了出来。他脚下一滑，没能保持住平衡，结果摔倒在地。博士趁机握住利刃，使劲把剑拔出来，疼得差点叫出了声。他用手堵住漏气的小洞，感觉手掌瞬间被冻得失去了知觉。趁还没有彻底冻伤，他赶紧将手抽回来，击碎了橱柜的玻璃，玻璃碴四处飞溅。

"你一直喜欢剑术这一套，对吧？"他一边对自己的"冻手"说,一边检查起伤势,以防被刀刃划得太深,"你可是战斗之手[1]。"他从玻璃橱柜中取出消防斧,然后迅速转身,及时挡住了麦卡维特的攻击。

接着,那把剑又一次刺了过来。

麦卡维特挥舞着利刃又劈又砍,每一次都被博士的斧头成功拦下。博士从未主动发起进攻,因为斧头十分笨重,而攻击路线又太过明显,可以被麦卡维特轻易躲开。除非……

麦卡维特无情地大步向前,逼得博士连连后退。博士只好侧过身,将斧头对准目标奋力一挥,击中了静止不动的冷却设备。

冻人的冷气顿时喷了麦卡维特一脸。他用胳膊挡住眼睛,踉踉跄跄地退到一旁,一直不忘抓牢手里的剑。

麦卡维特弓着背呻吟起来,博士则拔出斧头,谨慎地朝他走了过去。"好了,"博士说,"我们聊聊吧。我觉得我们应该停止无谓的内讧,转而团结起来阻止萨尔沃7-50和它的那帮伙伴。你觉得呢?"

麦卡维特站直身子,即使在血红色灯光的映照下,他也铁青着脸。"没门!"他咆哮着又刺了一剑。可惜这一剑毫无力度,被博士轻松躲开。穿着"冰衣"的斧头迎上利刃,结果在撞击之下意外碎裂。

---

1. 博士曾持剑与敌人展开决斗,详见新版《神秘博士》剧集之2005年圣诞特辑《圣诞入侵》。

博士一脸惊讶，踉跄着后退，手里还握着折断的斧头手柄。他不小心被电缆线绊了一跤，摔倒在地。

在冰冷的橙红色薄雾中，一个人影站在博士前方，举起了利刃。"没门。"麦卡维特重复了一遍刚才的回答，用尽全身的力气，将手中的剑狠狠地刺了下来。

10

就要刺中博士的那一刻,利刃突然停了下来。透过血红色的灯光,博士看到一只黑色的巨掌抓住了麦卡维特的手。

"你不能这么做,"凯文说,"这是我的工作。要是挑起纠纷,你知道会给怪物联盟带来多少麻烦吗?"

博士趁机站了起来,"不如把我身上的黑色魅影收回去吧?"他对麦卡维特说,"这样凯文就不会阻拦了。你可以想怎么砍就怎么砍。"

"那我为何不让它完成自己的工作呢?"麦卡维特对博士喊道,挣脱了凯文的巨掌。

"等一下!"

叫喊声从引擎舱的后方传来,只见罗丝和吉姆向他们跑了过来,身上沾满了油污和水渍。"等一下!"罗丝又喊了一声,"萨莉和其他机器人马上就会赶到这里了。达格正在拼尽全力拦住它们,可是……"

"可是它们会杀了他的。"吉姆说,看起来脸色苍白。

"那是他的工作。"麦卡维特冷冷地说。

"蠢货,"凯文叹了口气,"但很伟大。"

"说到这儿,"博士对麦卡维特说,"你现在有心情听我说话了吧?听着,只有我能把大家安全地带离这里。所以,让凯文停手吧,否则你就会自取灭亡。"

麦卡维特眯起眼睛,抬起手示意凯文原地待命。

凯文再次叹了口气,"要杀他,不要杀他,又要杀他……等你决定好之后再告诉我,好吗?"

"不管我们决定做什么,"罗丝说,"都得抓紧了。"

"关闭引擎舱的舱门。"博士命令道,啪地把羊皮纸放在麦卡维特的手上,"虽然抵挡不了多久,但至少可以争取一些时间。它们会以为我们困在了这里,没办法穿着宇航服逃出去。"

"那……"罗丝满怀希望地说,"我们有宇航服吗?"

"没有。"博士告诉她。

"我去关闭舱门。"凯文说,"你们继续商量吧,如果需要帮忙或者决定好了再来喊我。"

"好的。"博士说,"但愿你一会儿不需要呼吸。"

吉姆跑去和凯文一起关舱门,罗丝则把刚才发生的事告诉了博士。"我们用台球成功打掉了加农-K的脑袋。"罗丝说。

"模型……"博士似乎一点也不惊讶,"事实上,应该说是活动模型……"他咧嘴一笑,"真是棒极了,对吧?干得漂亮,奖励你们一根香蕉。"

"什么?"麦卡维特震惊地说。

"脖子是它们的弱点。"博士解释道,"如果有一堆这些机器人的活动模型,而且从小就开始玩它们,你就会知道这一点。"

"就像吉姆一样。"罗丝表示赞同。

"好了,下一个问题。你需要呼吸吗?"看到凯文回来了,博士大声地说。

"我确实不怎么需要呼吸。"凯文承认道,"当然,呼吸挺好的,就是有些奢侈,和数独一样。我喜欢靠这些事来打发时间,但也能忍住不做。"它思考了一下,"如果可以选择的话,我可能会选数独。它太令人着迷了,不是吗?我一直打算再买一本有关数独的书,得告诉……"它停了下来,耸了耸肩,血红的眼睛盯着博士,"你想让我做什么?"

博士把自己的计划说了出来。

"你在开玩笑吧?"麦卡维特说。

"我觉得不像。"罗丝说。

"如果要把你们四个人运出去,"凯文说,"我至少需要跑两趟。"

"三趟。"博士说,"我们还要带上复活棺作为谈判筹码。"

"感觉好多了。"等史密瑟斯修理完毕之后,加农-K感叹道。它晃了晃脑袋，确保这次装牢了。"躺在地上的感觉可不怎么样。不过，我刚才好像看到了波弟。"

"你看错了吧？"萨莉说，"波弟早就不在了。我一直不明白格林特为什么要在飞船上养一头碍事的宠物。"

"或许是我看错了。"加农-K说，"视觉电路还有点紊乱，不过现在恢复正常了。"

"我们正好处在电引域的边缘，"史密瑟斯告诉它，"大多数系统都恢复了正常，但导航系统和推进系统还有点问题。"

"那是谁？"加农-K指着趴在沙发上的尸体问。

"那是麦卡维特的手下，谁知道他叫什么名字。"埃尔维斯说，"他还挺拼的。不过这不重要，反正其他人也跑不掉了。"

"他们跑去引擎舱了，"史密瑟斯补充道，"但那儿没有宇航服。"

"我们又不需要宇航服。"萨莉兴致勃勃地说，伸出金属手拍了拍埃尔维斯的肩膀，"走吧，把船长复活，然后杀光我们的笨蛋船员。"

她走在最前面，领着其他机器人朝引擎舱走去，"对了，史密瑟斯，你还记得'掠夺者'号吗？"

"当然记得。他们自以为可以超过我们，"史密瑟斯回忆起来，"结果被我炸掉了引擎。人都惊呆了。"

"应该是吓坏了。"埃尔维斯纠正道。

"吓死了。"加农-K补充道。然后,它们一起放声大笑。

"这种事干得太多,新奇感都没有了,真是无聊。"当它们走到门口时,萨莉说,"你的液压系统怎么样,加农-K?"

"一级棒,放心吧。"加农-K弯了一下胳膊,准备撞开舱门。

"哦,算了吧。"史密瑟斯说,"这可是我的引擎舱,没人能把我关在外面。"

"还能输入密码吗?"埃尔维斯好奇地问。

"当然。"史密瑟斯翻开舱门旁边的控制板,在键盘上输入密码。随着咔嗒一声,舱门缓缓打开。

"干得不错。"萨莉说完,转而朝里面吼道,"我们进来了!"

"他们无路可逃了。"史密瑟斯自信满满地说,"如同瓮中之鳖。"

它们在引擎舱里搜寻了几分钟,保险起见,又来回找了一遍。然后,这群机器人聚在漏气的冷却设备旁,面面相觑,脸上全是难以置信的表情。

博士和他的朋友们就这样消失了。

眼前的世界一片黑暗,寂静无声。吉姆害怕极了,感觉自己动也动不了。他不敢发出声音,不是害怕被人听见,而是害怕耗尽氧气。

博士让大家尽可能保持微弱的呼吸,吉姆好奇其他人是如何办到的。按理说,他个头最小,空间相对来说也最为充裕。可是,他感觉气密箱比自己的鞋子还要挤。凯文分别拖着他和罗丝藏身的两个气密箱,磕磕绊绊地往飞船的另一端走了过去。

"感觉像是躲进了密封的微波炉里。"吉姆回想起罗丝说的话。

吉姆不明白微波炉是什么——罗丝和博士说的好多话他都听不懂——但能够理解她的意思。博士在提出这个计划的时候,并不确定气密箱是否能够密封,不过已经想出了检查方法。无论做任何事,这个男人似乎都那么快乐、激动。

检查方法就是博士亲自测试箱子的气密性。他钻进气密箱,盖上之前生龙活虎地向大家挥了挥手,然后让凯文把气密箱放进了真空的气闸舱。如果几分钟之后他还活着,那就说明气密箱真的完全密封了。罗丝质疑这个方法的科学性,吉姆则觉得这样做不怎么安全。但是,博士反驳说这是最务实的做法,结果是基于经验主义之上的——不管那个术语是什么意思。

气密箱的最后一次颠簸差点震碎骨头,然后,吉姆感觉世界陷入了一片死寂。

"有人在家吗?"可怕的寂静被一阵敲击声打破,博士含糊不清的声音从箱子外面传了进来。

吉姆忍不住笑了出来,接着因为耗尽"临时逃生舱"里的氧气而一阵咳嗽。盖子打开了,他坐起来大口大口地呼吸着外面的新鲜空气。罗丝也从她的气密箱里坐了起来,虽然面带微笑,但脸色一片惨白。吉姆猜测她刚才肯定和自己一样担惊受怕。

"我们在哪儿?"当博士扶她出来的时候,罗丝急切地问。

凯文蹲下来,把吉姆从气密箱里轻松地拎了出来,然后扶他站稳。"你还好吗?"凯文问,展现出罕见的温柔。

"我没事,谢谢啦。"

"路上有一点颠,但我觉得抓紧时间更重要。"

吉姆点点头,"谢谢。"他又一次道了谢。

"我们现在位于副控制舱。"博士开口了,"这里的东西应有尽有。"

"我们要做什么?"麦卡维特质问道。他正坐在驾驶座上,看起来很是疲惫。他的头发黏糊糊地趴在头皮上,不知道沾的是汗水还是冷水——或许两者都有。

"我们要重启这艘飞船的系统。"博士说,"就目前来看,在引擎熄火后,整个系统有序地停止了工作。这艘飞船在设计之初就考虑到了遇袭等各种情况,以及可能遭遇的灾难性的破坏。自动防故障装置确保破坏不会扩大,只让必要的系统正常运转,比如生命维持系统和人工重力系统。"

"但是,重启系统不会对飞船造成灾难性的破坏吗?"罗丝问。

"哦,那样当然最好。不过遗憾的是,我觉得不一定会发生。

受到这种程度的电引域干扰,一切都陷入停滞,造成破坏需要很长时间。"

"所以,这样做的意义何在?"麦卡维特问道。

"意义在于,"博士告诉他,"萨尔沃很快就会知道我们没有藏在引擎舱内,然后再次展开搜寻。用不了多久,它就会猜到我们要去哪儿。"

"去哪儿?"

"去它们的飞船上?或者说,在叛乱之前应该是我们的飞船。"罗丝说,"毕竟那是唯一一艘可以在电引域里航行的蒸汽飞船。"

"那我们怎么——"吉姆刚要开口,就被博士打断了。

"不如我们开始行动吧?"他说,"打开所有开关,按下所有按钮,推动每根拉杆,涉过无数溪流,追寻每道彩虹[1]……"他停下来,皱起眉头,带着一丝歉意说,"不好意思跑题了,不过你们知道我的意思。对了,先把电源打开。"

博士在控制台边一阵忙活。照明灯先是暗了一下,然后闪烁着亮了起来,明黄色的灯光照亮了整个空间。

"不错的开头。"博士满意地说,"飞船充满了生气。"

"因为听到了音乐之声?"罗丝猜测道。

---

1. 最后两句出自电影《音乐之声》中的插曲《攀越群山》。

萨莉带着它们一路奔跑。

"副控制舱，"史密瑟斯说，"他们肯定在那里。"

"现在不在了，"埃尔维斯说，"他们已经朝蒸汽飞船跑去了。"

"少说话，多做事！"萨莉吼道。她觉得博士一行人一定去过副控制舱，因为那里离蒸汽飞船很近，便于逃跑。可是，最关键的问题仍然没有得到解答。"史密瑟斯，"她回头问，"他们为什么要恢复供能，重启系统？"

"因为他们需要做些什么？"加农-K猜测道。

"我们当面问个清楚吧，"埃尔维斯说，"然后再要了他们的命。"

"要是他们在我们赶到之前，就驾驶蒸汽飞船逃跑了呢？"史密瑟斯问。

"那我们就用'海盗'号的激光枪把蒸汽飞船击落。"萨莉回答道，"毕竟博士如此好心地让武器重新恢复了火力。"

"我们不也走不了了吗？"史密瑟斯指出。

"可是很有趣啊。"埃尔维斯对它说。

萨莉慢了下来，关节里不规律地喷出阵阵水蒸气。"你们继续追，"她对其他机器人说，"拦下他们，留住蒸汽飞船。我先去厨房加点水。"

"我们现在该怎么办?"罗丝问。

他们回到蒸汽飞船上,凯文转动着笨重的锁轮关上了舱门。

"离开这里,"麦卡维特说,"现在就走。"

"实际上,"博士对大家说,"我们不走。"

"为什么?"吉姆问。

"因为一旦驾驶飞船离开'海盗'号,它们就会把我们击落。如果放任我们离开,它们就回不去了。怨恨是一种相当强大的情绪,你们明白吧?它们动手的时候不会有一丝不安。"

"还不是因为你重启了系统。"麦卡维特嘲讽地说。

"没错,是我干的。"博士反唇相讥,"但我自有道理。现在,我们去控制舱。"他原地转身,带头走了过去。

"带上那个。"麦卡维特指着复活棺对凯文说,他自己则搬起大木箱,跟在博士、罗丝和吉姆后面离开了。

"风之化身听候您的差遣。"凯文小声地嘟哝道。

史密瑟斯拆下对接舱旁边的控制面板,在一大堆电缆和电线中翻找起来。

"快点!"埃尔维斯说,"快断开伺服控制系统,不然他们随时可能离开。"

"没错,给他们一个惊喜。"加农-K附和道。

"最好动作能再快点,不然我们就束手无策了。"

这时,萨莉匆匆赶来。"抱歉,烧水耽误了一分钟,差点害我发生故障。"她看着史密瑟斯捣鼓了一会儿,"所以,他们都在蒸汽飞船上?"

"没错。"

"不过,还没有离开?"

"暂时还没。"

"你们是想——"

"确保他们没法离开。"史密瑟斯的金属手指分别捏住两根电线,"那么问题来了:红色还是黄色?"它有些拿不定主意。

"可是,他们为什么还没走?"埃尔维斯疑惑不解地说,"还在等什么?"

就在这时,控制面板旁边的屏幕闪了几下,显现出了画面。博士马赛克般的脸出现在屏幕上,时不时被静电干扰一下。他咧嘴一笑,"我猜,你们正在好奇为什么我们还没离开?"

"根本没这回事儿。"萨莉告诉他。

"没有吗?好吧,没关系。为了拦下我们的飞船,你们可能已经把伺服控制系统切断了。如果还没有,那就选黄色那根。"

"多谢。"史密瑟斯小声地说,剪断了黄色的电线。

"哦,也可能是红色那根。"博士继续说,"我记不太清了。

我知道,就算你们没有断开伺服控制系统,也打算等我们离开后把飞船击落。不如,我们做笔交易吧?"

"交易?"萨莉发出令人不快的声音,"什么条件?"

"很简单。只要你们同意放我们返回星落,我们就帮忙把'海盗'号推离电引域。事成之后,你们不能继续跟着我们。不过,由于电引域的存在,你们也没法跟上,对吧?如此一来,每个人都能活下来。我向来推崇这种解决方法。你们意下如何?"

"每个人之中包括格林特吗?"萨莉问。

"不包括。"博士说,"复活棺将由我们保管。怎么样,你们同意吗?"

萨莉看了看身边的伙伴,缓缓开口了:"没看出来这笔交易对我们有什么好处。"她慢条斯理地说,"听上去更像是你们要带上我们想要的东西逃走,还反过来不让我们杀人。"

"没错,听上去确实如此。"

"不过,我们大可以直接闯进来,拿走我们想要的东西,再把你们杀光。如此一来,复活棺、格林特和蒸汽飞船就都归我们了。然后,我们可以自行把'海盗'号推离电引域。"

"嗯,你说得也有道理。可是,你们的盗贼尊严怎么办?慷慨、仁慈、友善地对待一切生命的海盗准则怎么办?"

"这些我们都不在意,对吧?"萨莉说。

其他机器人纷纷点头。

"不在意。"埃尔维斯回答道。

"一点也不。"加农-K表示赞同。

"完全不在意。"史密瑟斯补充了一句。

"真是抱歉,博士。"萨莉对着屏幕说,"你说的那些都与我们无关,我们更热衷于杀人和破坏。"

博士点点头,接受了她的说法,流露出难过的神情,"实话实说吧,要是不同意这笔交易,我就会摧毁你们。届时,场面将相当可怕,你们一个也别想活下来。这么说有没有好一点?"

加农-K放声大笑,声音里夹杂着刺耳的金属质感,"我们现在就进去杀了他们!"

博士面无表情地说:"只要我想,我随时都可以灭了你们。现在,给你们最后一次机会,快做决定吧。"

萨莉、埃尔维斯和史密瑟斯互相对视了一会儿,它们有史以来第一次感到一丝恐惧。

可是,加农-K仍然大笑不止。"证明一下!"它咆哮道。

"如果你一定要我证明的话。"

"一定要!"

萨莉没怎么留意两人的对话。她皱起眉头,脑子里一遍又一遍地思考着眼下的情形——她忽略了什么吗,还是博士在虚张声势?

"我全都写下来了,"他说,"纸片被麦卡维特落在了舱门外。你看到了吗?"

"哦,看到了,在这儿呢。"加农-K大步走向舱门,弯腰捡起了纸片。

萨莉突然灵光一闪,意识到博士要做什么,"等一等!停下!"

可是,一切已经太迟了。加农-K展开纸片,盯着上面黑乎乎的一团墨水渍——它收到了黑色魅影。突然,一道黑影出现在它身边,挡住了周遭的光线。

"波弟?"加农-K用战抖的声音说。

"不好意思。"凯文说,"如果你想跟我说话,请叫我的真名,别再叫我'波弟'了。"它的爪子伸向加农-K笨重的脑袋和肩膀中间,"不过,你已经不用纠结了。"

他们一脸惊恐地盯着屏幕。

"你为什么不把它们全都撕成碎片?"当凯文重新恢复实体形态时,吉姆问道。

"那是行不通的。要是没有收到明确的指令,我就不能随便下手。"

"你需要看到黑色魅影。"

"没错。"

"你就不能帮我们一把吗?"罗丝问。

凯文摇摇头,"抱歉,不能。一旦越界,我就得去天堂以南[1]的某个地方免费度长假。我可受不了那里。"

萨莉怒不可遏、难以置信地望着地上的残骸,从加农-K身上脱落的零件和弯曲的金属散了一地。"我要杀了你,波弟!"她隔着屏幕大叫道,"你这只自命不凡的鹦鹉[2]!你给我等着,我要把大奖章从那个人类脆弱的脖子上扯下来,把他杀了,然后让你永生永世都受哈迪斯[3]地狱之火的煎熬!"

"不要叫我波弟!"凯文生气地说。

"什么都别碰。"萨莉转身叮嘱埃尔维斯和史密瑟斯,"特别是一切纸制品和可能藏着纸片的东西,明白吗?什么都别碰!"她又转向屏幕,"我会要了你们所有人的命。"她说,"我保证。"

"你也看到我的保证了。"博士说,"你们只有最后一次机会了,真的是最后一次。"

"别虚张声势了。"萨莉说,"炸开舱门。"

"冒险"号的巨型锅炉正在运转,流量调节器也已打开,大量的水蒸气沿着管道输送到了排气喷嘴。

这艘蒸汽飞船承载着自身和"海盗"号的全部重量,开始缓缓移动起来。飞船吃力地推动着前面的巨型战舰,缓慢前行……

---
1. 出自Slayer乐队的经典作品《天堂以南》,歌曲描绘了一幅地狱般的吊诡场景。
2. 鹦鹉波弟是动画片《海绵宝宝》中的一个角色,与海盗派奇是搭档。
3. 古希腊神话中掌管冥界的神灵。

当两艘飞船同时移动起来的时候,三个机器人都感受到了轻微的震动。埃尔维斯和史密瑟斯还在舱门外忙活,想卸下安全锁的铆钉。

"他们打算离开了。"史密瑟斯说。

"不会的,"萨莉说,"他们连夹钳都没松开。难道他们以为,只要把我们带出电引域,我们就会放他们走吗?"

"方向不对。"史密瑟斯头也不抬地说,"运动传感器显示我们正被带入电引域深处。"它停下手头的工作,慢慢地站了起来,"老天。"

紧接着,史密瑟斯和埃尔维斯立马转身,以最快的速度跑向游戏室。

萨莉透过满是雪花和干扰线条的屏幕,看到了博士的脸。"你的办法非常聪明,"萨莉大喊道,"但没什么用!史密瑟斯和埃尔维斯马上就会恢复蒸汽动力,而电引域对我没有任何影响,想要杀死我可不容易。"

瞬间,屏幕变得非常清晰。她可以看到博士正在跟其他人说话,看上去准备离开了。

"我并不打算杀你。"博士转过来对着屏幕说,"没这个必要。"然后,他又转了回去,仿佛她对自己来说已经无关紧要。"好了,"他大喊道,"我们需要赶到逃生舱,趁……"接着,他的声音湮没在白噪音和静电声中,屏幕也变成了一片灰色。

萨莉盯着没有反应的屏幕,思索着博士刚才的话。就在这一瞬间,"海盗"号的内部接连发生爆炸,船身开始摇晃起来。萨莉恍然大悟,立马转身,跌跌撞撞地穿过颠簸的通道,一头扎入离自己最近的气闸舱。

虽然"冒险"号没有被爆炸波及,但罗丝仍然感受到了强烈的震动,听到了"海盗"号因系统失灵而发出的轰隆声。如果两艘飞船继续连在一起,"冒险"号受到殃及只是时间问题。

吉姆扶着控制面板来保持平衡,麦卡维特则抓着面板的另一边;罗丝背靠舱壁,尽可能稳住自己,感觉像在搭乘一辆即将驶出站台的地铁;凯文叉开两只大脚,粗壮的胳膊在胸前交叠,似乎毫不费力就能保持直立。它表现得很不耐烦,与博士形成了鲜明的对比。当飞船颠簸起来的时候,博士摇摇晃晃地来回踱步,兴高采烈地放声大笑,似乎把整个过程当成在露天游乐场里玩旋转木马。

"再不离开我们会被炸碎的!"麦卡维特用盖过越来越大的轰鸣的声音大叫道。

博士设法保持站立,皱起眉头,"你是这么想的?"他失去重心,一头撞在罗丝身旁的舱壁上,然后仰面倒在了地上。"的确有这个可能。"他承认道,"不过,我们没法离开,因为萨莉断开了伺服控制系统。"

"这么说,我们在劫难逃了?"吉姆仍然紧紧抓着控制面板。

"我可没这么说,我们还是很安全的,对吧,罗丝?"博士一下子站了起来,"双倍安全。来吧,走这边。"他趔趄了一下,跟跟跄跄地走出房间。

埃尔维斯正在努力拼装自己的胸甲,史密瑟斯则开始拧紧最后几颗螺丝钉——毕竟它是轮机手,动作会更快。

"帮个忙可以吗?"埃尔维斯哑着声音说。

整艘飞船如同在暴风雨中航行的船只一般摇晃起来,吱吱嘎嘎地响个不停。

"我正在关闭系统,"史密瑟斯说,"语言能力和行动能力正在丧失……"它一动不动地僵立着,声音戛然而止,蒸汽动力开始逐渐恢复。

埃尔维斯也僵在原地,只有手指还能微微活动。它拼命伸出战抖的手指,想完成最后几处连接。

这时,"海盗"号剧烈地晃动起来,埃尔维斯知道自己已经来不及了。重启系统对飞船造成了灾难性的破坏,主驱动组件正在断开,管道开始破裂。接着,飞船轰然爆炸,船体分崩离析。

"为什么只有我什么都没有?"吉姆好奇地问,"麦卡维特有大木箱，凯文有复活棺，而你俩还有这个蓝盒子。"

他们现在乘坐的逃生舱和之前那个一模一样，只不过多了一个大大的蓝盒子。博士深情地拍了拍蓝盒子，"它又把我们锁在外面了。"他说，"不过，只要驶出电引域，一切就能恢复正常了。"

"萨莉它们呢？"罗丝问。

"很好，这是个聪明的计划。"麦卡维特承认道，"但你也听到萨莉说的话了，电引域对她没有影响，我们要怎么阻止她追上来？"

"如果她能逃过一劫的话。"博士指着舷窗外面的景象说。

在"海盗"号即将爆炸的瞬间，他们乘坐逃生舱飞快地离开了"冒险"号。飞船残骸撞上逃生舱的外壳，发出哐当一声巨响，又掉头飞了回去。

"快看，那是埃尔维斯，"吉姆指着窗外说，"还有史密瑟斯。"

在一堆残骸中间，两个机器人扭曲着身体在太空中翻转。埃尔维斯僵硬得如同一尊雕像，史密瑟斯则在水蒸气的推动下，朝逃生舱冲了过来。

"哦，不必理会它们。"博士说。

"哦？"罗丝说，"不用吗？"

"不用，留给太空中的生物解决吧。"

话音刚落,一只巨大的克拉鲨游过逃生舱的舷窗,直直地冲向史密瑟斯,把它拖回了"海盗"号的残骸之中。

"克拉鲨的晚餐时间到了。"博士小声地说,"好吧,完事了。"

"还没有。"麦卡维特开口道,"别忘了,我向你下过最后通牒,博士。替我用复活棺把拉里莎复活,否则你就死定了。"

博士叹了口气,"我跟你说过了,这不可能办到。既然在'海盗'号上不行,那在这里也一样。听我说,你必须放手,让她好好安息。等我们返回星落,你可以主动向有关部门坦白你的罪行。"

"哦?我会吗?"

"是的,你会的。我已经让西尔弗·萨莉看到了我的保证,而现在,我也要向你保证:你会为自己的所作所为付出代价。相信我,你会的。"

麦卡维特不置可否地笑了笑,"哦,听听你都说了什么,盛气凌人的博士。或者我应该说,盛气凌人的没命博士。"

"不会吧?又是黑色魅影?我可不会让你再把那张该死的纸片塞过来了。"

"不会吗?"他笑着说。

"博士,"凯文说着从塔迪斯后面走了出来,"我猜,你还没发现他已经把纸片塞进你的口袋了。抱歉。"

11

博士一边躲开凯文的爪子,一边说:"慢慢来,不着急。"他绕着塔迪斯快速小跑,"我哪儿也不去。"他和凯文就这样隔着塔迪斯转来转去。

罗丝和吉姆跑去帮忙,努力想要拦住凯文。它态度坚决又不失温柔地把罗丝推到一旁,完全无视紧紧抓着自己皮毛的吉姆,笨拙地跟着博士在塔迪斯周围打转。

无奈之下,罗丝转而对麦卡维特下手。"让它停下!"她强烈要求道。麦卡维特粗暴地反手给了她一巴掌,罗丝踉跄着撞到舱门上,摔了个四脚朝天。

"小姑娘,别插手。"麦卡维特怒气冲冲地说,"否则下一个就是你。"

"小姑娘?"罗丝挣扎着站起来,怒视着麦卡维特,"小姑娘也会不择手段地打架的!除了挠人和咬人,还会踢爆你。"

他似乎被她的表情震慑到了,吓得后退一步,"或许吧,我们走着瞧。"

博士从塔迪斯的一侧露出头,咧嘴一笑,"让他瞧瞧你的厉害,小姑娘。"他的笑容突然消失,紧接着人也不见了。凯文向他扑了过去。

"我只想做好我的工作,"怪物恼怒地嘟哝道,"然后回家休息。要知道,我的填字游戏才完成了一半。"

"你卡在哪个题目上了?"博士的声音从塔迪斯的另一侧传来。

怪物继续绕着塔迪斯追赶博士,吉姆仍然死死地挂在它身上。"剧作家说:'我会给你买条新裤子。'"凯文回答道。

"我需要的不只是一条新裤子。"博士反驳道。

"不,这句话就是题目。友情提示:九个字母。"

罗丝向麦卡维特慢慢逼近。她不确定自己要做什么,但选择之一是卸下他的胳膊,然后用断臂令人作呕的那头打他,直到他让凯文停下为止。

凯文不小心将吉姆甩了出去。"气闸舱!"在飞出去的过程中,吉姆突然大喊道。

"'气闸舱'只有七个字母。[1]"凯文说。

男孩的后背砰的一声撞到舱壁上,整个人有些晕头转向。"不是……"吉姆揉着脑袋说,"气闸舱里有人。"

---

1. "气闸舱"的英文为"airlock"。

就在这时,罗丝听到了一阵开门的嘶嘶声。

"别让她进来!"博士大喊道。

"谁?"罗丝还没有反应过来。

博士的脸闪现了一瞬间,然后又消失在塔迪斯后面,"还能是谁?难不成是你的妈妈吗?!"

透过厚厚的舷窗,罗丝看到西尔弗·萨莉正耐心地等待内舱门打开。与此同时,在外舱门后面,一只克拉鲨正满怀希望地来回游动。

"让我进去!"萨莉对着内舱门旁边的对讲机说,声音十分清晰。

麦卡维特赶紧拉动控制杆,嘶嘶声随即停了下来。萨莉想用蛮力把内舱门撞开,门颤悠了一下,但还是保持紧闭。克拉鲨也撞了上来,鼻尖在舷窗玻璃上蹭来蹭去。整个逃生舱开始晃动起来。

"让我进去!"萨莉再次哀求道,"求求你们了,让我进去!"

"不可能。"麦卡维特无情地告诉她。

"又怎么了?"博士在逃生舱的另一端大喊道。他急忙从一边跳到另一边,不断躲开凯文的爪子。这个家伙要么是动作比他慢半拍,要么就是有意给他锻炼的机会。

"你想出答案了吗?"凯文问他。

"什么?填字游戏的答案吗?当然了。"

"答案是什么?"

"如果我告诉了你,你会放我走吗?"

"不会。"

"我就知道。"

"所以,你最好乖乖告诉我。"

"老天,讲点道理!"博士朝一个方向扑过去,在地上滚了一圈后站起来,躲到了塔迪斯的背后。

"至少提示我一下。"凯文恳求道。

"你已经得到提示了。"

"有意思。"

"我对此一窍不通。[1]"博士高声回应道。

"这是提示吗?"

"你猜?"

萨莉开始使劲拍门。在外舱门后面,克拉鲨再次出击,将玻璃都撞裂了。

"别让她进来。"麦卡维特坚持道。

"说得好像我会服从命令似的。"罗丝说。

透过舷窗,罗丝注视着萨莉那张如同拼图一般的脸庞。在金属的半张脸上,她看到的是一个铁石心肠、没有人性的机器人杀

---

1. 原文为"It's all Greek to me",直译为"和希腊文一样难懂"。博士借此句暗示答案与希腊文有关。

手；在人类的半张脸上，她看到的却是一个拥有人性、一脸惊恐的女孩。那个人类女孩还残存着一丝意识吗？罗丝会眼睁睁地看着她再死一次吗？

"求你们了，"萨莉说，"让我进去。"她说着，将一只手——人类的手——按在舷窗上。罗丝惊讶地发现，那只手竟然这么小。

罗丝移开视线，想要寻求帮助。麦卡维特已经离开，转身去看博士和凯文的最后对决。此刻，吉姆站在她的身边，正盯着舷窗上的那只小手。

麦卡维特回头望向罗丝，"把红色的控制杆拉到左边。"

可吉姆却气得直摇头，"那样做会打开外舱门。她将被甩到太空中，然后被克拉鲨抓住。"

"那就对了。"麦卡维特大声地回应道，"那就是她的下场。"

罗丝差一点就准备拉动控制杆了。他说得没错，萨莉的确罪有应得。"那你呢？你的下场是什么？"罗丝向麦卡维特大喊道，"她可不是这里唯一的杀人犯，你心知肚明。"

"好了，好了。"博士站在塔迪斯旁边举起双手，摆出投降的姿势，"我们不能一直像这样继续下去。"

凯文警惕地向他走近。

"你愿意把拉里莎复活了？"麦卡维特急切地问。

"我做不到。"博士说，流露出悲伤的神情，"真的，我没法做到。所以，让我们就此别过吧。"他的目光扫过气闸舱，然后望向了罗丝,"这段日子我过得很开心,罗丝。你怎么想就怎么做吧。你没错,也从不会做错。怎么可能会呢?"

她强忍住泪水,伸手拉动被麦卡维特用来锁住内舱门的控制杆。只需轻轻一拉,门就打开了。"不要耍花招,明白吗?"当萨莉整个人跌进船舱时,罗丝警告道,然后把门重新关上了。

"不胜感激。"萨莉喘着粗气说。

罗丝指着她的半边下巴,"一个字也别说。"

凯文双手叉腰站在原地,看着博士郑重地和吉姆握了握手。

"那么,继续吧。"麦卡维特满心戒备地看了看萨莉,然后又看回博士。

"吉姆,"博士仍然握着小男孩的手,"你知道该怎么做,对吧?"

"是的,博士。我知道。"

"好小伙儿。"

等吉姆一挪开脚步,凯文就接替了他的位置。博士握住它的巨掌。"别往心里去。"他说,"你想到答案了吗?考虑过希腊文吗?"

凯文了然地舒了口气,胸脯上下起伏,"原来如此!多谢,博士。答案是'欧里庇得斯'[1],对吧?"

---

1. 原文为"Euripides"。

"答对了。现在,请给我一点时间,好吗?"

"凭什么?"麦卡维特笑着说,"快点继续,我要好好享受这个过程。"

不过,笑容很快就从他的脸上褪去了。吉姆猛地扑了上去,愤怒地把他死死抵在舱壁上。

"你这个杀人凶手!"吉姆高声喊道,"你杀了你的妻子、卡斯帕、博尼和其他人,现在还要杀了博士。我是不会让你得逞的!"

麦卡维特把他使劲推到一边,站直身体怒吼道:"下一个死的就是你!"

"打扰一下!"博士向他喊道,"我要交代临终感言了,请不要打岔。麦卡维特,你要么放我走,要么收回黑色魅影并让凯文停下,否则,我保证你会后悔的。"

"后悔什么?"麦卡维特发出雷霆般的笑声,"我一刻也不曾后悔,博士。黑色魅影永久有效,无法撤销,直到我的黑暗仆从完成任务才会结束。"

"你真的不打算改变主意吗?"博士难过地问。他从口袋里掏出一张纸片,让麦卡维特看清楚上面的墨水渍,"不管发生什么,你都不会解除凯文的任务吗?"

"绝对不会。"麦卡维特盯着纸片,满心期待地舔了舔嘴唇,"不管发生什么,暗夜生物都会为我完成这项庄严的任务。"

"暗夜生物,"凯文嘟哝道,"黑暗仆从。老天,你可真会编词,是吧?"

"干你的活儿!"麦卡维特大吼道,"现在就去!"

"如果你坚持如此的话。"凯文抬起巨掌,转过身,气势汹汹地向前冲去。不过,它不是冲着博士,而是转向了麦卡维特。

"你在干吗?"麦卡维特后退几步,"我已经给你下过命令了。目标明确,而且不可逆转。"

"我知道。"凯文继续朝他走来。

"你要杀的人是博士,你这个傻瓜!"麦卡维特大喊道。他险些被复活棺绊倒,踉跄了几步,"黑色魅影在他身上。"

这个庞然大物停下来,转身看向博士。他欢快地把刚才那张纸片举起来,展示给了所有人。

凯文摇摇头,"他是拿着一张纸片,"它发出低沉的怒吼,"可上面写着黑色魅影在你的口袋里。"

"什么?!"麦卡维特瞪大了眼睛。他再次盯着纸片,上面的图案似乎发生了变化。然后,他从自己的口袋里摸出了一模一样的纸片,上面有一团墨水渍。

"干得漂亮,吉姆。其实,我手里拿的是通灵纸片,"博士解释道,"它会让你看到我想让你看到的任何东西。换句话说,也就是你希望看到的东西。虽然这是作弊,"他承认道,"但是,管他的。"

"不可逆转,你自己说的。"凯文一边对麦卡维特说,一边继续朝他逼近,"要知道,通常这个时候我都会道歉。但这次,我应该不用费这劲了。"

"住手!"麦卡维特惊恐地叫道,"我命令你,凭借……"他拽出脖子上的项链,可链子直接断开了。

在逃生舱的另一端,男孩将大奖章高高地举了起来。

麦卡维特环顾四周,拼命寻找着退路。但是,他已经无路可逃了。他的面前站着凯文,背后是舱壁,脚边放着复活棺。他膝盖一软,跪倒在地,手搭在了盖板的边缘。

"呃,换作是我,我不会打开的。"博士说。

"拦住他,"罗丝大喊道,"他要释放格林特!"

"终于等到了!"萨莉在她身边说。

罗丝感觉萨莉呼出的热气贴到了自己的脸上,但无法从麦卡维特的身上移开目光。她看着他设法打开了复活棺的锁扣。

"不要打开,"博士重申了一遍,"因为……"

现在,复活棺已经大大敞开。麦卡维特凝视着盒子内部,凯文也凑了上去。

"我不相信。"麦卡维特低声说。

"因为你会发现,"博士小声地说,"复活棺是空的。"

麦卡维特一下子站起来,转身盯着博士,"这是赝品,它不是真正的复活棺。"

"不,这不是赝品。"

"那就是它没有起作用。"麦卡维特说。

突然,凯文向他扑了过去。麦卡维特后退一步,随着一声惊呼,整个人向后倒了下去。凯文犹豫了片刻,吉姆则赶紧跑过来关上了复活棺的盖板。麦卡维特充满恐惧和恼怒的哭号从里面传了出来。

"现在轮到我下令了,"吉姆举起大奖章说,"就把他关在里面吧。"

"不可以。"凯文说。

"可以。"博士走到他们身边,低头看着复活棺,"因为你我都很清楚,里面的那个人不再是德列尔·麦卡维特,不再是那个作恶多端、谎话连篇的杀人凶手,而是……"当他的目光扫过逃生舱,看到罗丝和萨莉的时候,他的声音渐渐弱了下去。

罗丝脸色苍白,瞪大双眼,眼眶里噙满了泪水。

萨莉的金属手紧紧扼住了罗丝的喉咙。她越抓越紧,指关节和手腕处冒出了一股股水蒸气。

12

罗丝几乎喘不上气,只能拼命挣扎着开口:"你骗了我,"她设法吸进一口气,"你又一次骗了我。"

"是啊,你是多么愚蠢。"萨莉用人类的那半张脸轻蔑地看着罗丝,"这就是为什么我比你更强大,这也是为什么我能够活下来。"

博士和吉姆向她们渐渐靠近。

"不要鲁莽行事。"博士警告萨莉。

"她是我的谈判筹码,我不会弄死她的。"萨莉向他保证道,"只要你们按我说的去做。"

"你要我们做什么?你想干什么?"吉姆问。

萨莉看到凯文慢慢靠近,便转身将罗丝当成肉盾挡在中间。"你想都别想,波!"她啐了一口唾沫,"要是没有看到黑色魅影就下手,我可知道你会承担什么后果。如果有人想偷偷把黑色魅影放到我身上,那我一定会杀了罗丝。"

凯文停下脚步,气得浑身发抖。透过眼泪,罗丝看得出来它已经无能为力了。"你为什么叫它这个名字?"她费力地问道。

萨莉大笑起来,一小股水蒸气从金属的半张脸上冒了出来,"这是波弟的简称。"

"波弟?"吉姆说。

"取自'鹦鹉波弟'的名字吗?"博士说。

"就是这么回事。"凯文恼火地说,"那都是很久以前的事了,现在可没人这么叫我。"

"鹦鹉波弟,"萨莉鹦鹉学舌般模仿起来,然后大笑道,"船长的宠物,没用的废物,随叫随到的温顺怪物。它总是去做没人愿意做的脏活累活,好让大家落个清闲。"

"比如杀人。"博士说,厌恶之情溢于言表。

"或者清理厕所,"萨莉说,"以及擦洗甲板、为船长熨烫衬衫等等。这些特别有意思的工作全都会交给波……抱歉……凯文来完成。"

凯文气得战抖起来,"如今谁变成了蒸汽熨斗呢?"它质问道,"谁劫持了一个女孩以获得自己想要的东西?我猜,就算有博士帮忙,你也想不出填字游戏的答案吧?西尔弗·萨莉?我看更像是傻里傻气的萨莉吧!"

"别这么幼稚。"博士指责道。

凯文没有理他,而是从容地迈着步子,用粗哑的嗓音哼唱起来:"傻里傻气的萨莉,傻里傻气的萨莉,傻里傻气的萨莉……"

"闭嘴!"萨莉对它大喊道。

"她只会犹犹豫豫,傻里傻气……"

"闭嘴!别说了,否则我杀了她。"

"安静!"吉姆一声令下,把大奖章高高举起,向凯文示意。

"我只是唱首歌而已。"凯文将脚后跟一并,不满地抱怨道,"现在连唱歌也不行吗?"

"博士,拜托——"罗丝哑着嗓子说。她拼命站直,想将更多的氧气吸入肺里。她不需要做多大的动作,只需要把重心放到左脚,然后抬起右脚……

"哦,抱歉。那么,说说你的条件吧?"博士问萨莉。

"条件就是我要带格林特搭乘逃生舱返回星落。明白了吗?"

"可格林特已经死了。"罗丝尽力开口道。现在,她只差一点就能抬起脚了……

"别犯蠢了。"萨莉反驳道,微微松开手,或许是觉得罗丝已经构不成威胁了。

"那我们怎么办?"

"要是你们乖乖听话,我会考虑把你们扔到某艘飞船上。如果幸运的话,飞船可能还配备了生命维持系统。"

"然后我们只能束手无策地等待救援?"

"正是如此。"

"要是我们拒绝呢?"吉姆问道。

"你们根本没有选择。"萨莉把罗丝往自己身上靠了靠。

"天无绝人之路。"博士冷静地回应道,"我们只需要搞清楚应该走哪条路。好了,罗丝,"他的语气没有一丝改变,"准备好了就动手吧。她随你处置,小姑娘。"

罗丝抬起右脚,用脚后跟向萨莉的人类膝盖蹬了上去。萨莉大吃一惊,松开了手,正好给了罗丝挣脱的机会。接着,她又狠狠地补了一脚。

萨莉右腿一软,单膝跪地。她抬头怒视着罗丝,还带着些许震惊的表情。一秒钟后,博士笑着低头看向她,手里的音速起子发出微弱的蓝光。

"好了,我们来做一笔新的交易。"他说,"我的音速起子可以把你系统内的水全都蒸发干净,让你的半边机械身体卡死,再也无法动弹。你要么接受我的条件,要么变成我刚才说的那样。明白了吗?"

"看来你终于想明白了,对吧?"博士问道。

萨莉背靠舱壁坐在地上,博士则在她旁边盘腿坐下,手里一直举着音速起子。虽然他声称音速起子可以在一秒钟内将水蒸掉,但罗丝觉得他是在虚张声势。但愿她不用看到那一幕。

"想明白什么?关于格林特和宝藏的事情吗?"萨莉气鼓鼓地问。

"我可没拿走宝藏。"罗丝说,"你呢,吉姆?"男孩摇了摇头。

"博士,宝藏在哪儿?另外,复活棺为什么是空的?"罗丝说。

"我们不用把麦卡维特先生放出来吗?"吉姆问道。

"他在里面挺好的。"博士说,"等会儿我们可以检查一下他的状况。"

"那格林特去哪儿了?"吉姆说。

"你真的不知道吗?"萨莉说。

"再多说一句话,"博士威胁道,"你就要说拜拜了,明白吗?"

萨莉张开嘴犹豫了一下,又闭上嘴巴,点了点头。

"很快,我们就会到达电引域的边缘。届时,我会找一个设备完好的逃生舱,把你扔进去,然后由你自行决定飞去哪里。要是你重新返回星落,或者让我再次遇到你……"他挥舞着音速起子说,"好了,话就说到这儿,剩下的就交给你自行想象吧。"

博士惬意地拍了拍身边的空地,示意罗丝和吉姆也坐下来。凯文一动不动地斜倚在塔迪斯上,毛发浓密的胳膊交叠在胸前。它低头盯着萨莉,脸上似乎浮现出一抹笑容。

"让我给你们讲个故事吧。"博士说,"我十分肯定这是一个真实的故事,但如果不是的话,我也不希望被人打断。"他停下来,意味深长地看着萨莉。她和他对视了一会儿,然后移开目光，看向地板。

"这是一个关于海盗的故事，他的名字叫作哈姆雷克·格林特。"博士继续开口道，"很久很久以前——大约在五十年前——这个危险邪恶的海盗决定放弃过去的一切。或许是因为他受够了，又或许是因为他想做出改变。我猜，他走上海盗这条路实属偶然，可能是受环境所迫，也可能是被冷血的机器人船员怂恿了一番。他可能压根儿没想伤害那么多人。终于有一天，他想方设法摆脱了那群机器人，把过去的一切统统抛弃了。当然，以上也许是我一厢情愿的猜想，谁知道呢？"

"听起来没毛病，"凯文说，"继续说。"

"这名海盗——也就是所谓的格林特船长——抛下他的机器人船员，把它们当成废品卖掉了。不过，有几个机器人侥幸逃过一劫，开始寻找格林特的下落——不是为了复仇，而是希望弥补虚度的青春，找回过去那段轰轰烈烈、沾满鲜血的美好时光。然而，五十年过去了，格林特早已销声匿迹。"博士继续说。

"在这五十年里，"博士接着说，"发生了很多事情。服务生罗比终于受够了，意识到太空冒险并不像人们吹嘘的那般浪漫、刺激，而是充斥着死亡、鲜血和痛苦。于是，趁格林特爬进复活棺，期待重获新生的时候，罗比离他而去。当然，不是离世，而是离开了'海盗'号。"

"可是，复活棺是空的。"罗丝不解地说。

博士点点头，"马上就要说到了。"他继续说，"在驾驶逃生舱离开之前，罗比带上了全部宝藏，还切断了飞船系统。这样一来，格林特在醒来之后就没法追上他了。由于没有船员，这艘飞船漫无目的地飞入电引域，从此成为传说。罗比也因为电引域的影响无法操控逃生舱，只能任由它沿直线前进，最终驶向了……好吧，管他是哪儿呢。"

"那凯文呢？"吉姆好奇道，"它发生了什么？"

"它可能端着茶杯舒舒服服地坐在家里，高兴地发现没人再命令自己了。毕竟，它只想摆脱这一切，对吧，我的朋友？"

"说得对。"凯文表示赞同。

"然而，就在十年前，平静被打破了。用来控制凯文的大奖章落到了几个骗子手里，并被卖给了德列尔·麦卡维特。自此之后，这个男人突然对格林特产生了浓厚的兴趣。一来是为了转移注意力，以便填补失去妻子的悲伤；二来是为了找到合适的借口展示那尊令人作呕的雕像。那个可怜人的下属可能还在到处找他，却从没想过去麦卡维特的家里搜搜看。至于麦卡维特是在什么时候——愤怒地杀死不忠的妻子之前还是之后——得到这枚大奖章的，其实并不重要。重要的是，他惊讶地发现一头怪物——无意冒犯——竟然听命于他。起初，他偶尔使唤凯文的时候，脾气已经挺大了，对吧？"

"格林特怎么样了？"罗丝急切地问，"按照你的说法，他应该还待在复活棺里。"

"嗯，我想，凯文对此最有发言权。"

他们全都抬头望向凯文，只有博士仍然盯着萨莉。

"就像博士说的那样，"凯文说，"除了被麦卡维特召唤回这个维度工作之外，我无所事事。我在星落上打发了一些时间，更多的时候则待在'海盗'号上。虽然机器人船员让人生厌，但这艘飞船却给了我家的感觉。"

"然后，你遇见了罗比，对吧？"

"当然。那个可怜的孩子因为离开格林特而感到深深的内疚。那时，他已经得知电引域的事情，觉得是自己放任格林特自生自灭。于是……"凯文耸了耸肩，"我把飞船的坐标告诉了他。大概是在十年前，他找到飞船，打开了复活棺。"

"他把格林特放出来了？"吉姆说。

"是的。"凯文说，"而且他还把格林特一同带了回去。"

"你放过了格林特？"罗丝说，"为什么？"

"因为罗比是我的朋友，有这个理由就够了。在那段黑暗的日子里，他是我唯一的朋友，只有他会叫我的真名。如果重来一次，我还是会这么做。"

众人陷入了一阵沉默。

突然，博士站了起来。"给你，"他对罗丝说，"拿着它。"他把音速起子递给了她，"我们应该已经离开电引域了，让我看看能不能找到一个合适的飞行器,把我们'打捞'上来的萨莉装进去。飞行器的要求没那么高,只要能把克拉鲨挡在外面,并让她沿着远离我们的路线行进就好。"

最后,博士找到了一个破旧的货运飞船的逃生舱。逃生舱的外壳遍布坑坑洼洼的陨石坑,观察窗也有些破损,但燃气涡轮驱动的推进装置仍然完好。

"没有活动部件,"博士说,"也没有水蒸气,里面都是固态压缩气体。重要的是,引擎不再受到电引域影响了。你会活下去的。只要朝着文明星系前进,你就能被路过的飞船接走。"

萨莉用那只完好的人类眼睛瞪着他。

"记住,"当她走进逃生舱时,博士轻声说,"天无绝人之路,希望这次你能做出正确的选择,好吗?"

机器人女孩并没有回应。然后,博士转动锁轮,关闭了舱门。

"她的命运就不关我们的事了,是吗?"罗丝问道。

"一切都取决于她的选择。"博士说。

"可是,她坏事做尽,你却就这么放她走了。她偷走了一个女孩的脸,博士,还杀了人!"

"别忘了,救她进来的人可是你。"

"没错,那是因为她会死。"

博士耸耸肩,"哪怕程序给她设定了个性和情感,她也只是机器人而已。你产生同情,给了她选择的机会,但她还是会做出错误的选择。所以,别指责我了。"

"我觉得你这样做很有问题。"罗丝告诉他。

"我给了她最后一次机会。"博士回应道,"尽管以她的本性可能不会做出正确的选择。"

博士拉动主控制面板上的拉杆,让萨莉的逃生舱离开了。

他们看着萨莉乘坐的逃生舱渐渐远离。有那么几次,她的脸出现在了观察窗前,玻璃上的裂痕和她脸上的那条线几乎重叠在一起。博士挥了挥手,但萨莉没有理他。

"那么,到了说再见的时候了。"博士说,"趁塔迪斯还能运转,我们该离开了。不过,在此之前,我们会把你带到返回星落的轨道上的,吉姆。"

"我们要让他一个人回去吗?"罗丝问道。

"我一个人没问题的。"吉姆坚持道。

"凯文也可以帮忙,"博士说,"毕竟吉姆拿到了大奖章。"

"说到这个,"吉姆从口袋里掏出大奖章,"只是……"

"只是什么?"博士的语气里透露出一丝期待,但罗丝不明白他在期待什么。

"凯文想重获自由,不想再受制于人。"

这个毛发浓密的大家伙慈爱地俯视着男孩,"我做这份工作也不是一天两天了,"它说,"等我们回到星落后再解除也不迟。

几周、几个月,甚至几年都行,我不介意。"

"不,"吉姆说,"你应该出于自己的意愿做事,而不是被人强迫。"他把大奖章交给了凯文。

金色的圆盘几乎消失在怪物的巨掌里。它低头看着大奖章,血红色的眼睛湿润了。

"谢谢你。"凯文小声地说,合拢了手掌,当它再次打开时,大奖章不见了。"谢谢你。"它重复了一次,然后放声大笑起来。

博士咧嘴一笑,打开了塔迪斯的大门。

"他们能顺利返回吗?"等走进塔迪斯后,罗丝问道,"就靠他们两个?"

"两个?不,应该是三个。"博士在门口转身,把罗丝轻轻地推了出去,"我差点忘了,我们还没有打开复活棺。"

"还有一件事,"当他们四个聚在复活棺旁边时,罗丝说,"格林特仍然逍遥法外。这样一个嗜血成性、凶残疯狂的海盗仍在逃亡,随时可能准备抢劫或掠夺……"

"我觉得未必。"博士说,"打开复活棺。"

"你确定?"罗丝说。

还没等博士回答,吉姆就扳开锁扣,打开了盖板。

他们一同向盒子里面看去。血色唰地从罗丝的脸上褪去,她的双腿也开始打战。

直到此时,罗丝才明白真相——所谓的复活棺究竟是什么,它怎么起作用的，以及格林特的下落。

"哦，"她说，"我的老天！"

在复活棺里，麦卡维特的衣服乱七八糟地堆在一起。一个婴儿睁着大大的眼睛，露出深蓝色的眼珠，正抬头望着他们。

13

萨尔沃 7-50 心想,那群白痴犯下的最大错误就是把它单独放进逃生舱,而且还不受电引域影响。

亏博士唠叨了那么多——萨尔沃 7-50 感到好笑——他真的以为它在落得这副下场之后,还会乖乖地扬帆远航,放他们毫发无伤地离开?

它意识到,在这件事情上自己确实没有选择的余地。它的手划过控制面板,金属手指上的传感器读取着表面温度、材质、成分等读数,而人类手指什么都感觉不到。

一侧的压缩气体喷流将逃生舱缓缓转向。透过破裂的观察窗,萨尔沃看见载着博士一行人的逃生舱正在慢慢远去。它花不了多长时间就能追上,到时候……

它的脸上绽放出半个笑容。

钱当然不是问题,于是,他租到了星落上最快的蒸汽飞船。他知道自己要去哪儿,虽然不当服务生很多年了,但他马上就找回了过去那种熟悉的状态。

很快,这艘蒸汽飞船就要朝着哈姆雷克·格林特的"海盗"号驶去。

"噢,多么可爱的小宝贝!那个讨厌的男人重新变成婴儿了,对吗?你说呢,小可爱?"

"够了,凯文,谢谢。"博士说,"老实说,与其现在就抱出来,你最好把麦卡维特宝宝重新放回去,然后盖上盖板——就像十年前一样——等回到星落之后再打开。"

"你怎么能把一个婴儿关在盒子里?!"罗丝吓坏了。

"不然,你就要在逃生舱里听着哭声度日。这里既没有尿布,也没有婴儿的食物。"博士说,"吉姆,你来决定吧。"

"我们把盖板盖回去。"吉姆说,"婴儿不会有事的,对吧?"

"对,不会有事。当你重新打开时,婴儿会和现在一模一样。复活棺就是这样起作用的:提取活体组织进行加工,丢弃旧的身体,并克隆出新的身体。凯文和鲍勃第一次打开的时候,也发现了这个原理。"

罗丝目瞪口呆地说:"鲍勃?你是说,鲍勃他……"

"鲍勃就是罗比,'海盗'号上的服务生。更确切地说,他过去曾是罗比。"

"虽然现在岁数大了,"凯文承认道,"但他还是那个罗伯特·德尔维尼。我可以负责任地说,那口牙让他看上去有点不像本人了。"

"鲍勃叔叔就是那个服务生?"吉姆说,"天哪,太酷了!为什么他从来不提这件事?"

"我猜,他并没有为这个身份感到骄傲。"博士说,"不过,有一件事让他引以为傲。"

凯文赞许地点点头,"他为自己好好抚养着哈姆雷克·格林特而感到骄傲,把他从小婴儿养成了小男孩。而且,这个男孩不会重蹈覆辙,而是会度过另一种人生。到目前为止,男孩都做得很好。"它郑重其事地说。

"十年了。"博士说着,挑了挑眉毛。

"等一下!"罗丝说,"也就是说……呃……"她尴尬而紧张地干笑几声,"好了,我明白了。你们干脆叫我'迟钝罗丝'吧。"

吉姆依次看向他们,眼睛瞪得和身后的舷窗一样大,"你们该不是说……"

博士拍了拍他的肩膀,"不好意思,我炸毁了你的飞船,"他说,"船长。哈哈!"

罗丝搂住吉姆,"别担心,"她说,"他总是这样。第一次见面就害我丢了工作,接着又带我看了地球毁灭。"

"喂!这么说可不公平。"博士不服气地说,"又不是我干的，明明是太阳的错。不过，我确实炸飞了你们的政府机构，只不过里面都是外星人[1]。好吧，这么说倒也公平。"发现他们都目瞪口呆地盯着自己，博士赶紧打住，"怎么了？听着，我刚才说的那些并不重要，重要的是你们做出了正确的选择。我想，萨莉也会做出她的选择。趁塔迪斯还没有被锁住，我们该走了。"博士突然想到了什么，咧嘴一笑，"或许某天我会设计出电引域防御系统，然后回来看看你们。"

"太好了。"吉姆说，"可是我……"他停下来，叹了口气，"我搞不清自己究竟是谁了。我该怎么办？"

"你觉得自己和以前有什么不同吗？"博士问。

"呃，没有。"

"那就继续保持原样好了。你还是一直以来的那个小男孩，你觉得呢？"

吉姆耸耸肩，"我想是这样的。真相令人吃惊，不过，我应该不会有什么改变。"在深思熟虑一番后，他长长地舒了口气，"需要帮忙把蓝盒子移到气闸舱吗？"他问。

"不用了，谢谢。"罗丝对他说，"我们只需要……离开就可以了。"

"剩下的就交给我吧。"凯文谦逊地说，"事实上，如果能

---

[1]. 详见新版《神秘博士》剧集第一季第五集。

给我几分钟,我想去解决一些事情。吉姆,我很快就回来,我保证。"它转向博士和罗丝,"那么,再见了。与你们共同经历的这趟旅程很愉快。"

"是吗?"博士说着,握住凯文的巨掌热情地摇了摇。

"是啊。"罗丝戏谑道,"真是异常精彩。"

"来吧,大块头。"她张开双臂抱住凯文,却发现自己根本不可能做到。考虑到凯文的身高,她尴尬地发现自己的双手很可能正放在它的屁股上,于是赶紧松开了手。

凯文笑了笑,迅速回抱住她,差点压断她的肋骨,还把肺里的空气挤出来。"好好照顾他,"它朝博士的方向点了点头,"我觉得他需要你。"接着,它对博士说,"我为自己之前的行为感到抱歉……"

"没关系。"博士宽慰道,"这种事在所难免。希望你的填字游戏玩得顺利,虽然题目糟糕极了。"

凯文皱起眉头,接着又舒展成一个大大的笑容,"讨厌。不过,还是要谢谢你,博士。"然后,它消失在一缕烟雾之中。

博士笑着打开了塔迪斯的大门。

"等我们回去之后,鲍勃一定会很吃惊吧?"吉姆说。

博士在塔迪斯的门口停下,"不一定。我想,凯文应该已经偷偷跑回去告诉他你没事了。鲍勃可能会有些担心,但不会吃惊。记得照顾好自己,做出正确的选择,好吗?"

"没错。"罗丝对吉姆说,"这辈子好好生活!你会没事的,一定会很棒的!"她从口袋里掏出达格的笔记本,"给你留作纪念吧。虽然字迹很丑,但他事无巨细地记下了所有事情。"

"就像一本航海日志。"吉姆说,"谢谢,我会记住里面的内容的。"

"是的,一本属于船长的航海日志。记住我们的高光时刻吧。"

"还要记住那些死去的人。"博士说,"记住达格,像鲍勃那样记住他做的那些事,好吗?"

"没错。"罗丝对吉姆说。

男孩点了点头,眼睛里闪烁着泪光。罗丝再次拥抱了他,然后跟着博士走进了塔迪斯。

"所以,鲍勃当年打算把格林特宝宝培养成从未去过太空的正派小伙儿?"等走进塔迪斯后,罗丝问道。

博士在控制台旁边忙活,"差不多吧。"

"可是,吉姆将来会重新走上那条老路吗?变成一个杀人成性的疯狂海盗?"

"在鲍勃和凯文的帮助下,我觉得他不会变成那样,但他始终都可以重新做出选择。当年,鲍勃替他做出了选择。鲍勃发现自己需要抚养一个小婴儿,而不是释放一个可怖的成年海盗时,一定惊呆了。然后,他意识到自己可以让吉姆不再经历格林特之前的那种人生。这可能是他那么反对吉姆和飞船搅和在一起的原因。不过，"他补充道，"也可能有其他原因。"

"我猜也是。"

"另外，"博士说，"格林特的宝藏确实帮他们度过了不少艰难时期。"与此同时，塔迪斯的引擎开始运转起来。

"没错。"罗丝说完才意识到他话中的含义，"你说什么？！"

"鲍勃家里的那些仿制品其实都是货真价实的宝藏，就藏在所有人的眼皮子底下。当需要现金的时候，他就会谨慎地卖掉一些零碎的藏品。因此，大奖章辗转到了麦卡维特的手中，只是鲍勃不知道它的真正用途。格林特一定是保守了这个秘密。"

"那西尔弗·萨莉会怎么样呢？"罗丝好奇道。

博士叹了口气，抬起头，难过地盯着远处，"正如我之前所说的，她会做出自己的选择。"

警笛高鸣，警示灯也闪了起来。逃生舱处于失控状态，开始摇晃起来。最开始，萨尔沃以为博士骗了自己，但后来意识到，他并没有说谎，只是误导了它。

如果当时没有被冲动、愤怒和对复仇的渴望冲昏头脑，它肯定就能发现逃生舱的部分系统还是会受到电引域影响。毕竟，逃生舱一开始就是这样困在那里的。

在用人类器官替代部分机械组件之前，它其实并不需要生命维持系统。它根本没有想到有朝一日系统可能失效,并将自己置于死地。想想真是讽刺。

逃生舱的内部发生爆炸,舱内顿时浓烟滚滚。天花板塌陷,一捆捆电缆线掉了下来。现在,它没有办法控制逃生舱离开电引域,只能默默等待。气泵渐渐失控,它察觉到舱内的座舱压力正在增加。

一旦逃生舱裂开,它就有机会逃出生天,至少可以靠身上的蒸汽动力飞到电引域的边缘。虽然过程将会很漫长,它的人类身体可能会因为缺氧而坏死,但真正的萨尔沃7-50依然会活下来,最终获得救援。它相信总会有这么一天的。

玻璃破裂的声音从观察窗的方向传来,很快,观察窗会裂成两半,然后碎成一块一块的。然而,就在它等待破窗而出的过程中,天花板塌得越来越严重。

一根笨重的金属支柱砸中它的后背,把它压在了观察窗上。萨尔沃在碎玻璃上摊开四肢,一动不动地凝视着周遭的黑暗。

"等玻璃彻底裂开之后,"它自言自语道,"我就能重获自由了。"

这时,一阵咳嗽声从附近某处传来,声音很轻,刚好能让它听到。一个粗哑的声音说:"我觉得你的美梦没法成真了。"

它艰难地扭动身子,看到格林特那个毛茸茸的宠物正盘腿坐在自己身边。

"波……呃，凯文！"它迅速改口道，"谢天谢地，你一定是来救我的。"

"你错了，我只是过来看看你的状况，无意帮忙。"

"反正我也不需要你帮忙，"它生气地说，"你这个可怜的宠物鹦鹉！"

凯文点了点头，仿佛早已料到它的反应，"随你便吧。你知道吗？这里的风景很美。"它站起来，立起那根金属支柱，"不仅有星辰和失事的船只……哦，你看……还有伺机出动、优雅美丽的克拉鲨。"

"什么?！"萨尔沃向后扭了扭身子，然后紧紧地贴在观察窗上。玻璃又裂了一点。一只克拉鲨从一艘搁浅的货运飞船后面游出来，穿过面前的虚空向它游来。接着，又出现了一只，紧接着另一只也游了过来。

"反正你也不需要我，那就自己待在这里吧。"凯文说。

"不要！等一下，凯文，我的老朋友。"它央求道，"我一直都很喜欢你。"

凯文佯装惊喜地说："是吗？"

"其实是埃尔维斯、加农-K和其他机器人看你不顺眼，是它们让你做了那些杂事。"

"真的吗？"

"求你帮帮我！你能带我离开这里，让我重获自由。救救我吧!"

凯文倚靠在观察窗上,双臂交叠在胸前。在它身体的重压下,玻璃裂得更厉害了。"抱歉,我真的无能为力。"它说。

玻璃的裂纹发散开来,又和其他裂缝交会。凯文从观察窗前后退一步,"糟糕。"它凑到萨尔沃的人类耳朵旁说,"实际上,我说'抱歉,我真的无能为力'的时候,其实并没有说真话。"

一瞬间,萨尔沃似乎看到了希望,"你的意思是,你会帮我吗?"就在这时,玻璃向外爆裂,哪怕一线希望也没有了。

"不,我的意思是,我根本没有感到抱歉。好了,再见了。"

随即,萨尔沃被甩了出去,飘荡在寂静无声的黑暗中。

巨大的金属撞击声把吉姆从睡梦中吵醒。

他一直在做一个有关海盗和冒险的梦。在他的梦里,船只发生交火,宝藏失而复得。他眨了眨酸胀的眼睛,迅速看向正在打开的外舱门。

在门的另一侧,出现了一个人影。透过舷窗可以看到,那个人戴着一顶毫无特色的头盔。吉姆瞪大眼睛,屏住呼吸,考虑自己要不要躲起来。最后,他决定坚守阵地,因为这是他的飞船——更确切地说应该是逃生舱——没有人能把它从自己手中夺走。

等嘶嘶声渐渐消失后,气闸舱的压力恢复了正常。那个人取下头盔,一双苍老的眼睛凝视着吉姆。男孩惊讶地倒吸一口气,立马冲过去打开了内舱门。

"请准许我登船,船长。"那个年长的男人说。

等吉姆点头同意后,他才走进了船舱。

"你没事吧,孩子?"鲍勃说。

"没事。"吉姆说,感觉眼前的人影变得模糊起来,"我没事。"他哽咽着又说了一遍。

"其他人呢?"鲍勃说。

"哦,鲍勃叔叔,我有好多事想告诉你。"吉姆说,"过去你给我讲了很多故事,现在,我也有很多故事想讲给你听。"他无视那身笨重的宇航服,紧紧地抱住了鲍勃。

"我猜到了。"鲍勃说着,揉了揉男孩的头发。

"谢谢你。"吉姆埋在他怀里说。

"为什么?"

"因为你不仅找到了我,还一直照顾着我。你做得很棒。"吉姆松开他,后退一步,骄傲地望着自己的叔叔,"谢谢你做的一切。"

鲍勃点点头,"和你曾经为我做的那些事比起来,"他说,"这一切都微不足道。"鲍勃把吉姆拽向自己,再次拥抱了他。

在控制台后面,一个长毛怪看到自己的两个朋友紧紧相拥,拭去了眼中的泪水。

"吉姆应付得了吗?"罗丝问,"他能顺利回到星落吗?"

塔迪斯晃动起来,在现实与虚空、时间与虚无之间穿梭。

博士吹着号笛舞曲[1]的口哨,不停摆弄着按钮。"应付?"当小曲告一段落时,他说,"当然应付得了。他会变得非常了不起,这一点毋庸置疑。"他咧嘴一笑,"这一切都根植于吉姆的血液中。"

---

1. 源自18世纪英国水手的古老舞曲。

致 谢

一如既往,我要感谢很多人。其中,我要特别感谢我的天才编辑史蒂夫·科尔,他总是那么彬彬有礼。我还要特别感谢《神秘博士》电视剧集的脚本编辑海伦·雷纳,她一直确保我沿着正确的方向前进,最终写出了符合《神秘博士》风格的小说。